キャロル・モーティマー

ハーレクイン・シリーズでもっとも愛され、人気のある作家の一人。14歳の頃からロマンス小説に傾倒し、アン・メイザーに感銘を受けて作家になることを決意。コンピューター関連の仕事の合間に小説を書くようになり、1978年に見事デビューを果たす。以来、数多くの作品を生み続け、2015年にはアメリカロマンス作家協会から、その功績を称える功労賞を授与された。エリザベス女王からも目覚ましい活躍を認められている。

◆主要登場人物

ベルベット・デイル……モデル。
トニー……ベルベットの息子。
サイモン……ベルベットの兄。
ジャニス……サイモンの妻。
ジェラード・ダニエルズ……服飾会社のオーナー。
ビッキ……ジェラードの娘。
マリオン・ウォルシェ……ジェラードの秘書。

1

ベルベットはもう一度カメラの前でポーズをとると、無理やり笑顔を作った。太陽が容赦なく照りつけ、メーキャップが流れ落ちそうだ。このフォート・ローダーデイルの海岸はマイアミから三十キロ離れているが、それでもポールが撮影用の機材をセットした時から、まわりにはかなりの人だかりができていた。

マイアミの海岸で撮影することにしなくて本当によかった。ここへ来る前一日だけマイアミに滞在したが、ひどい混雑ぶりだった。

集まってきたのはほとんどが男性で、ベルベットとカーリーがいろいろなビーチウェアを着てポーズするのを面白そうに見ている。二人が身につけているショーツもタンクトップもひどく短く、見物人の注視の的になっている。だがそんないでたちでも、ここの暑さは、涼しいイギリスの気候しか知らないベルベットには耐えがたかった。山ほど持ってきたビキニの一つを身につけて金色の砂浜を駆けぬけ、冷たい海へ飛び込んだらどんなに気持がいいだろう。

フォート・ローダーデイルは評判どおり素晴らしい所だった。気さくな人々、美しい砂浜、強い海風にもめげず高くまっすぐにのびた椰子《やし》の木々。細かい砂が水際までなめらかに広がり、海は静かで、さざ波がやさしく浜辺を洗っている。

海岸道路沿いには、明るい色に塗られたホテルやモーテルが並んでいる。三人はそのホテルの一つに泊まっていた。部屋の窓から見る海の眺めは、輝く太陽の下でも、澄んだ月光の下でも、息をのむほど美しい。

今日は三人が実際に仕事を始めた第一日である。前日のマイアミでは、九時間の飛行機旅行の疲れをいやすのにせいいっぱいだった。こんな気候の土地で仕事をしたことのないベルベットには、冷房のきいたホテルから一歩出るやいなや毛布のように体を包みこんでしまう猛暑と湿気が思いのほかつらかった。メーキャップはすぐ汗で固まり、体はぐったりと疲れてしまう。仕事を始める前でさえそんな調子だったのだ。

最後の一時間は特に長く感じられた。動作が鈍くなり、着がえるのにもだんだん時間がかかるようになってきた。

ベルベットは麦わら帽子を脱ぎ捨てた。「終わりにしてちょうだい、ポール。今日はこれ以上は無理だわ」背後で青い海が誘惑するようにうねっている。

ポールはカメラを下ろした。三十二歳という年齢に似合わず、少年のようにスリムな体つきで、金髪を長くのばした人目をひく顔立ちの青年である。女性といる時間が長いせいか、時折女っぽいしぐさをすることがあり、あらぬうわさをたてられているが、ベルベットはそんなうわさが根も葉もないものだと知っていた。ポールはもう一人のモデルのカーリーと一年前から一緒に暮らしているのだ。

「あと二、三枚だけ。それで今日は終わりにしよう」

「オーケー」ベルベットはため息をついて帽子をかぶり直した。きっとひどい顔をしているにちがいないと考えながら。

砂の上に座ったカーリーが見上げた。「つまり私は着がえに行ってもいいってわけ？」

「いいよ」ポールは上の空で答えた。

「気に入られてる人はいいわね」カーリーは立ち上がりながらしかめっ面をしてみせた。ポールはそれを無視して被写体に集中している。いや、その被写体だって女には見えていないようだ。彼のカメラマンとしての腕を発揮するための道具にすぎないのだろう。ベルベットは彼のモデルになるのが好きだった。自分の一番良い所をひき出してくれていると思う。カメラマンが彼でなければ、トニーを兄夫婦に預けてここまで来はしなかっただろう。

未亡人のベルベットはトニーを溺愛《できあい》しているきらいがある。トニーは結婚後すぐ死んでしまった夫アンソニーの、たった一人の忘れがたみなのだ。

トニーはベルベットが望むとおりの元気いっぱいの子供に育っていた。人を惑わすような大きな茶色の瞳と、カールした金髪を持つ、まるまるとした一歳六カ月になるやんちゃ坊主である。

「さあ、済んだよ」ポールがカメラを下ろした。「君も行って着がえていいよ」

ベルベットは上着をはおった。モデルらしいほっそりした体つき、東洋風のアーモンド形の瞳がどこか古風な美しさである。それに赤みがかった金髪の素晴らしさ！　この人目をひく美しい姿のおかげで、ベルベットはイギリスのトップモデルの地位を得ていたが、彼女自身にはそれほど野心はなかった。トニーと二人で安楽に暮らしていけるくらいの収入があれば十分なのだ。

かわいいトニー！　今ホテルへ戻って電話をすれば、トニーが寝る前に話せるかもしれない。〝ママ〟という声を聞くだけで幸せな気分になれるだろう。

「ぼんやりさん、聞いてるのかい？」ポールが彼女の思いをさえぎった。

「ごめんなさい、何か言った？」

「そのビキニのまま泳いでいいって言ったのさ」

「これですって？　冗談でしょ。海へ入ったとたんに脱げちゃうわ」

ポールは笑った。「スタイル服飾社製水着のいい宣伝になるな！」

カーリーがジーパンとTシャツに着がえ、トレーラーの後ろから出てきて、「用意できた？」とボーイフレンドに笑いかけた。

ポールは眉をよせた。「何の用意だい？」

「オーシャン・ワールドに連れて行ってくれるんでしょ？　忘れたなんて言わせないわ」

ポールが首を振りはじめるとカーリーはふくれっ面になった。「約束したじゃないの」

「このフィルムを現像しなくちゃ」

「そんなに時間かからないわ。すぐそこだもの」

「僕たちは仕事に来たんだよ、カーリー。僕は……」

「まあ、そんないじわる言うもんじゃないわ、ポール。連れて行ってあげなさいよ」ベルベットが口をはさんだ。

「依頼者が今晩写真を見たいって言うかもしれない」

「食事によばれてるのは確かだけど、相手は今日のうちに写真ができてるなんて思ってもいないんじゃない？」

「夕食に招待されてるの忘れてたわ」ベルベットは眉をよせた。「でもスタイル服飾社みたいな大会社のオーナーが私たちを招待するなんて変じゃないこと？」

ポールは肩をすくめた。「でもそうなのさ。しかも、僕たちが泊まってるホテルも彼のものなんだよ。最上階に彼の部屋がある。彼は昨日の晩こっちへ来て、僕は君たちが寝てる間に話をしたんだ」

カーリーは口をとがらせた。「あなたのスタミナにはついていけないわ。それにベルベットと私は美容のためによく眠る必要があるもの」

「よく言うよ」ポールはにやりとした。

「ねえ、ともかくオーシャン・ワールドへ連れて行ってちょうだい。約束したんですもの」ポールのひじに腕をからませながら、カーリーがねだった。

「いるかの芸なんて見たくないよ」

「私は見たいわ。あなたを鮫《さめ》のいるプールにつき落としてあげるわよ！」

二人の言い合いの裏には、お互いに対する強い愛情が感じられた。カーリーとポールはとても愛し合っているのだ。

「オーケー」ポールはついに根負けした。「君も来るだろう、ベルベット？」

ベルベットは首を振った。「ホテルへ戻って電話をしてから、泳ぎに行くわ」

「夕食に遅れるなよ。最上階のスイート・ルームに七時半だ」

「ええ、ちゃんと行くわ」

「おめかししてきてくれよ。ダニエルズ氏が喜ぶように」ポールはなんとかして依頼主に気に入ってもらいたいのだ。

「一番セクシーなドレスを着て行くわ」

「あれじゃないほうがいい」ポールはベルベットが考えていた大胆な黒のドレスを思い浮かべたらしく、あわてて言った。「君をベッドへ連れて行かれちゃ困るんだ。僕のモデルがどんなに美人かわかってほしいだけなんだから」

「わかったわ」ベルベットは笑って言うと、二人に別れを告げた。

ベルベットはロビーを通りぬけ、エレベーターの方へ足を運んだ。ストロベリー・ブロンドの髪を波打たせ、すらりとした長身が際立って美しく見える。

「ベルベット！　ベルベット待って！」

ベルベットは眉をひそめて、その深い魅力的な声の方をふり返った。百八十センチはゆうにあろうという大柄の男性が、こちらへ向かってくる。黒に近い髪の色。こめかみだけに白いものが見える。濃いまつげに縁どられた深いブルーの瞳、まっすぐ通った鼻筋、ひきしまったあご。唇の上にうっすらとかげりが見え、ひげの濃さを思わせる。男らしいハンサムな顔立ちである。力強い広い肩、細いウエストと腰。ベルベットはこれほど姿のいい男性を見たことがない。白いズボンがたくましい脚にぴったりとフィットし、紺色のシャツのボタンは半ばはずされて、日焼けした胸が見える。

なんてすてきな男性だろう！　三十代後半か四十代になったばかりだろうか、物腰が自信に満ちている。しかも彼はベルベットを知っているような様子なのだ。彼女のほうは全く覚えがないというのに。こんな男性に一度でも会ったことがあれば、決して忘れるはずはないのだが。

「ベルベット！」彼はベルベットの両手を取ると、青い瞳でくいいるように彼女の顔を見つめた。「本当に君なんだね!」彼は声をつまらせた。手に力がこめられる。顔色が真っ青だ。

ベルベットは困惑して微笑しながら、男の手からさりげなく逃げようとした。「あの、私……」つかまれた手の方へ視線を投げた。

「ああ、ベルベット」男は手を放す気配もなく、うめいた。「こんな所で会えるなんて!」握られた手が痛くなってきた。「放してくださらない!」

男は少し手をゆるめたが、依然として放そうとはしない。「ベルベット!」まわりの人がじろじろ見ているのに気づいてベルベットは腹が立ってきた。「ええ、私の名前は確かにベルベットですけれど」できる限り冷たい声で言った。この男から逃れるのはむずかしそうだ。

これまでにも、見知らぬ男が彼女を知っていると言って近づいてきたことは何度もある。雑誌で彼女の写真を見た男たちが、勝手にそう思いこむらしい。

この男性が魅力的に見えないわけではなかった。知り合いになってみたいタイプではある。だがここへは仕事で来ているのだし、仕事が早く終われば、それだけ早くトニーに会えるのだ。トニー! そうだ、早く電話をしなければ、兄のサイモンと兄嫁のジャニスも寝てしまう!

「お目にかかれてうれしかったですわ。でももう行かなくては」ベルベットはどうにか彼の手から逃れ、くるりと背を向けたとたん男のことを頭から追い出していた。

だが、力強い手が再び彼女をひきとめ、青い目を細めて、男は立ちはだかった。「ベルベット、僕たちの間が突然終わりをつげたのは確かだ。だが君はわかってくれると思っていた……」

「待ってください、あなたは……」

「ジェラードだ」男がすばやく言った。

「ジェラードさん、あなたは……」

「ジェラードでいい、ベルベット、冗談はやめてくれないか」

ベルベットは男の手をふりほどいた。手首にあざができてしまいそうだ。ポールが何と言うか!

「冗談なんか言ってませんわ、ジェラードさん。私、冗談を言う人はきらいです」

「僕だって冗談など言ってない。言ったこともない」

「じゃ今もやめてちょうだい。私急いでるの。あなたとおしゃべりしてる時間はないわ」

男は眉をひそめた。「なぜ僕を知らないふりをするんだ?」

「知らないからよ。私をひっかけるつもりなら、ずいぶん古い手ね」

「ひっかける?」男の声が高くなり、瞳が燃え上がった。「やめてくれベルベット。僕が悪かったのかもしれないが、そんなことは言わないでくれ」

ベルベットは首を振った。「何のことか全然わからないわ」

「僕たちのことだ。君と僕の」

「あなたと私のこと？　もし前に会ったことがあるんでしたら、申し訳ないけど覚えてないわ」

「君は僕に復讐《ふくしゅう》しているつもりなのか」

男の言葉の激しさに、ベルベットは唇をかんだ。「何のことかさっぱりわからないわ。あなたには会ったこともないし。ほんとに行かなくちゃ」今度は男も止めようとはしなかった。

ベルベットはふるえながらエレベーターに乗り込んだ。ふり向くと、男はまださっきの所に立って、まるで殴られでもしたような表情をしている。

あの人は頭がおかしいのか、それとも誰かと人違いでもしているのだろうか。だがベルベットの名を知っていたのだから、人違いとも思えない。彼女のほうは彼を全く知らないし、あんな個性的な男を忘れてしまうことなどありえない。ただし……？　いや、あの男に会ったことなどあるはずがない。

部屋へ戻るとベルベットはすぐサイモンの家に電話をかけ、どうにかトニーが寝る前に話すことができた。

「元気かい？」トニーはジャニスに連れられて寝に行き、代わって兄が電話に出た。

「ええ、トニーはお行儀よくしてる？」

「してたことなんかあったかい？」兄は笑った。

「まあ、何をしたの？」

「たいしたことじゃないけど、キャット・フードを食べようとしたのさ」

「まあ！」

「それも猫がちょうど食べようとしたその時にだよ。どうなったか想像がつくだろう？」

「想像したくないわ」サイモンとジャニスは大きなぶちの猫を飼っている。ふだんはおとなしいが、自分の餌《えさ》は命がけで守るだろう。「どうなったの？」

「タイガーがひっかくと、トニーはタイガーの尻尾をひっぱった」

ベルベットは涙が出るほど笑った。「で、どっちが勝ったの？」

「引き分けだろうな。トニーは手にひっかき傷を作ったし、タイガーはすみっこで尻尾をなめてたよ。でももう仲直りして、さっきまで一緒に遊んでた。そっちの仕事のほうはどうだい？」

「うまくいってるわ。でもひどく暑いの。私が暑さに弱いの知ってるでしょ。それに……」ベルベットは言いかけて唇をかんだ。あの男のことを話すのはやめておこう。「いえ、なんでもないわ」

「どうしたんだ、ベルベット？」サイモンは鋭くきき返した。

「変な男の人が……」ベルベットは結局ジェラードという男のことを兄に説明した。

「それで君はうろたえてるのかい？」

「そうでもないわ。でも気持をかき乱されたわね」

「彼、ハンサムなの？」サイモンがからかった。

「そういう乱され方じゃないのよ」ベルベットは兄が事を深刻に受け取っていないのがむしろうれしかった。そうだ、深刻に考えることはないのだ……。

「別にいいじゃないか。アンソニーが死んでからずいぶんたつし、君は一人でいるには若くてきれいすぎる。トニーの父親も必要だし」

「サイモン！」ベルベットは憤慨して言い返した。「その人は父親になれるようなタイプじゃないわ。たとえそうでも私はいやよ。気持が悪いんですもの」男の鋭い青い目を思い出してベルベットはふるえた。

「それじゃその男には近づかないことだな。もうそろそろ切ったほうがいい。電話代が大変だよ」

「ええ。トニーに私からのキスをしてあげて」

「じゃ、気をつけて」

受話器を置くとベルベットは急に寂しくなり、人中へ出たくなった。だが海岸まではさすがに行く気になれず、ホテルのプールで泳ぐことにした。どうかあの男に会いませんように！

　幸い例の男の姿は見当たらず、プールはすいていた。冷たく気持のよい水の中で三十分あまり泳ぐと、ベルベットはプールサイドの寝椅子に身を横たえた。

「泳ぎがうまいですね」隣で声がした。驚いてその方を見ると、温かい青い瞳に出会った。金色に日焼けした、ブロンドで長身のアメリカ人が脇《わき》に立っている。日に二度も男性に声をかけられるなんてうんざりだ。

「ありがとう」ベルベットはそっけなく言って目を閉じた。

「あなた、モデルさんでしょう？」この男もしつこいタイプらしい。目を開いてみると、彼は隣の寝椅子に腰かけている。

「どうしてわかったの？」

「僕はここの副支配人なんです」男はにやりとした。ギリシャ神話に出てきそうなハンサムな笑顔である。

　ベルベットは苦笑したが、そのうち本当に笑い始めた。「ずるいわ！」

「そうだね。役得ってやつかな」

「女の子に声をかけるのが？」ベルベットはからかった。この男は与《くみ》しやすく見える。

「モデルと話すのはあなたが初めてだ」彼はベルベットのほっそりとした美しい体つきに見とれている。

「光栄だわ！」率直な言葉にベルベットは笑った。こういう気さくな人は好きだが、ジェラードという男のような強い魅力は感じられない。

もう一人の男のことを思い浮かべると、背筋にふるえが走った。だがそのふるえは恐怖とは別のものだ。ベルベットは驚いた。自分があの男にこれほど惹《ひ》かれているとは思わなかった。アンソニーが死んで以来、男性に少しでも興味を覚えたのはこれが初めてである。自分の心をこんなにもゆり動かした男に対する憎しみのようなものがこみあげてきた。

「その怖い顔、僕のせいじゃないといいけど」隣の男がベルベットの思いをさえぎった。

「え……いえ、違うわ」彼女は当惑した笑顔を男に向けた。「ほかのことを考えていたの」

「僕と一緒の時はほかのことを考えちゃだめ。ところで僕の名前はグレッグ・ボイド」

「私はベルベット・デイルよ」

「知ってますよ。このホテルに泊まる美人の名前はみんな知ってるんだ」

「それは大変ね。きれいな人はたくさんいるもの」

「いや、他の人はかわいいだけさ。あなたは美しい」

「ありがとう」ベルベットは素直に礼を言った。

「一緒に飲み物でもどう？」

「そうね……」時計を見るともう五時半だ。ディナーのために支度をしなければならない。

「けっこうよ。もう行かなくちゃ」

　ベルベットが立ち上がるのを、男はしょんぼりと眺めている。「何か悪いことでも言ったかな？」

「いいえ」ベルベットはその悲しげな顔を見て笑いだした。「今晩は約束があるから支度をするのよ」

「ついてないな。僕は今晩休みだから、あなたを食事に誘いたかったのに」

「ほかの人にしたら？」

　グレッグはふきだした。「変わってるんだね」

「そうかしら」

「そうだとも。あなたのこと好きですよ。ミス・ベルベット・デイル」

「ミセス・ベルベット・デイルよ」

　グレッグが眉を寄せた。「結婚してるの？」

「未亡人なの」

「その年で？」

「そうよ。それに二十二歳はそう若いとはいえないわ」

　グレッグはしかめっ面をした。「じゃ三十歳の僕はどうなるんだろう？」

「おじいさんよ！」ベルベットは笑いかけたが、その笑いは、こちらを見つめている刺すような青い瞳に気づくと、喉の奥に引っこんでしまった。

ジェラードがエレベーターの方へ歩きかけながら鋭く彼女の方を見つめている。ベルベットがグレッグと話し続けているのを見て、その目には怒りの色が増したようだ。ジェラードはエレベーターに乗り込んだが、ベルベットは歩きださなかった。一緒に乗ったら何をされるかわかったものではない。

エレベーターはなかなか戻ってこなかった。やっと扉が開いて、中を見ると、幸い人影はなかった。あの男の部屋が近くでないといいのだが。

大切な客との会食など予想してなかったので、ベルベットはあまりドレスを持ってきていなかった。あまり大胆なイブニングでないほうがいいだろう。心臓まひでも起こされると困る。チャールズ・ダニエルズは七十歳を越えているはずだ。ポールが黒いドレスはやめるようにと言ったのももっともである。

ベルベットは茶色の魅力的なドレスを選び出した。洗ったばかりの髪が輝き、薄化粧が美しい。これならダニエルズ氏の血圧を上げず、しかも好印象を与えられるだろう。

「完璧《かんぺき》だね」迎えに来たポールが言った。

彼のほうも黒のタキシードに白のワイシャツがぴたりときまり、黒いドレスのカーリーもいつもながら美しい。

「オーシャン・ワールドはどうだった?」最上階に向かうエレベーターの中でベルベットはたずねた。

「どう？」カーリーがポールを見上げた。

「うん、まあまあよかった……すごくよかったよ」カーリーの勝ち誇った表情を見ながら、ポールはため息をついた。「確かに楽しかったよ」

「あなたも行ったら、ベルベット。この文句屋さんでさえ楽しかったって言うんだから」

「ええ、明日時間があったら行くわ。今日は兄に電話したかったから」

「トニーは元気だったかい？」エレベーターを降りながらポールが言った。

「相変わらずやんちゃらしいわ」ベルベットは笑いながらあたりを見回してため息をついた。「すごいわね！」

ポールがうなずいた。豪奢《ごうしゃ》なインテリアである。「ホストはもっとすてきだ。きっと驚くよ」

ベルベットは笑った。「でも七十歳じゃ興味はわかないわ」

「七十歳？　彼は七十歳なんかじゃないよ」

「でも、チャールズ・ダニエルズでしょ……？」

「彼は二年前に亡くなった。それ以後息子が跡を継いでいる」

「息子？」

「そうだ、ベルベット」左側の部屋から現れた男がそれに答え、青い目で鋭く見つめた。

「僕が父の跡を継いだ。チャールズ・ダニエルズの息子としてね」

ベルベットは青ざめた。ロビーで彼女を引きとめた男ではないか！　ポールが言ったとおりだった。白いタキシードに黒いズボンを着た彼は、上から下まで人を圧倒するような完璧さを身につけていた。

「また会ったね、ベルベット」その親しげな口調に、ベルベットは催眠術をかけられたようになった。

「え……ええ」

「前から知り合いだったのかい？」ポールがいぶかしげに言う。

「あの……」

「数年前にね。ベルベットは思い出したくないようだが」ジェラードが苦々しげに言った。

「思い出したくないわけじゃありませんわ、ダニエルズさん。本当に知らないだけです」

「だが僕は覚えている……はっきりと」

彼の親しげなまなざしにベルベットは頬を染めた。「ごめんなさい。でも本当に思い出せないんです」

「気にしなくていい」ジェラードはベルベットの腕を取り、他の二人にほほ笑みかけた。

「食前に何か飲み物はどうですか？」

その後しばらくジェラードは丁重なホスト役に終始したが、ベルベットをそばから離そうとはしなかった。ベルベットは恐ろしかった。彼の激しさを秘めた危険な雰囲気に、つい心を乱されてしまう。

「フロリダには長くお住まいですか、ダニエルズさん？」食事が始まるとカーリーがたずねた。

「ジェラードと呼んでください。僕はここに住んではいない。ベルベットがいるから来たのです」

「まあ」

ポールとカーリーの驚いた表情に、ベルベットは真っ赤になった。二人に何と思われるだろうか。「奥さまはご一緒ですか、ダニエルズさん？」ベルベットは腹だちまぎれに言った。

ジェラードの顔に怒りの影がさした。「妻は亡くなりました」いらだった声だ。

「まあ……ごめんなさい」

「そして君のご主人も亡くなられた」

ベルベットは目をしばたたいた。彼はなぜこんなに自分のことを知っているのだろう。こちらは何ひとつ知らないというのに。「主人は飛行機事故で亡くなりましたの」

「知っている。君も同乗していて、その時おなかにご主人の子がいたんだろう？」

ベルベットは息をのんだ。「え……ええ」

ジェラードは残忍な表情を浮かべている。誰かを傷つけたくてたまらないというふうだ。

だがその気持を抑えたのか、妙に冷静な声で続けた。「君には息子がいるね」

「ええ、トニーといいます」

「父親の名をとったんだね」

「ええ。でもアンソニーは子供を見られなかったわ。彼が死んだ日に生まれたんですもの」どうして説明なんかしているのだろう。アンソニーとのことはこの男には全く関係ないのに。

「僕には娘がいる」

「あなたに?」ベルベットは驚いて問い返した。この男は父親タイプではないと思っていたのに、あてがはずれたようだ。

「今年八歳になる」

「お嬢さんはご一緒ですか?」仲間はずれにされていたことを意識したのか、カーリーが口をはさんだ。

ジェラードがほほ笑んだ。魅力的な笑顔だ。「今はいません。もうすぐ来るはずです」

「お楽しみですね」カーリーもほほ笑んだ。

「ええ、とても。ところでポール、写真のほうはうまくいっているかね?」突然我に返ったように、ジェラードが話題を変えた。

ジェラードの注意がほかへ向けられたことで、ベルベットはここへ来て初めて緊張を解くことができた。

どうして彼は私のことを知っているのだろう。話を聞いていると、彼はポールと同じくらい写真にも詳しいようだ。要するに彼は博識で、私のこともそのうちの一つにすぎないのだろうか。

カーリーが〝二人の間には何があるの？〟と言いたげなまなざしを送っている。それがわかれば苦労はない。ベルベットはカーリーに肩をすくめてみせた。本当に何があるのだろう……。

ベルベットは食事が済むとすぐ帰りたいと思ったが、男たちは写真談議に花を咲かせており、ポールが腰を上げる気配はなかった。ベルベット一人が先に帰るというわけにはいかない。

仕方なくベルベットはアームチェアに腰かけ、愛想笑いを浮かべながら、以前ジェラードに会ったことが果たしてあるのかどうか、思いをめぐらしていた。彼のほうは会ったことがあると言い張っているし、うそを言っているようにも見えない。それに彼はとても魅力的だ。カーリーだって彼を見る時は目の輝きが違うくらいだ。彼のような男が、女性に近づくためにうそをつく必要などあるわけがない。

ポールと話しているジェラードは、危険なほどの魅力を感じさせる。それに、彼は近年続けざまに手ひどい打撃を受けたらしい。妻を亡くし、父親も亡くしたと言っていた。それでも、どう考えても彼のことは記憶になかった。

やっとポールがいとまごいをすると、ベルベットは急いで立ち上がった。

ジェラードはまた彼女の腕を取り、そばに引き寄せた。「お二人はどうぞお帰りください」彼はポールとカーリーにていねいな口調で言った。「ベルベットとちょっと個人的な話がしたいので」

ベルベットは息が止まりそうになった。「もう遅いわ、ダニエルズさん。明日にしません?」

「今夜だ」硬い声がさえぎった。「今だ」

「でも……」

「明日の朝会おう、ベルベット」ポールはそう言うと、カーリーとエレベーターに乗り込んだ。

「どういうつもり!」残されたベルベットは怒りにふるえてジェラードをふり返った。彼が顧客だということはもう念頭になかった。「二人がどう思っているか、わかってるでしょう?」

黒い眉がぴくりと上がった。「どういう意味だ?」

「私がここであなたと一夜を過ごすと思ってるわ!」頬を怒りで紅潮させ、ベルベットはたたきつけるように言った。

ジェラードの表情は変わらない。「それで？」

「だからもう失礼するわ。あなたに会ったのを覚えていなくて申し訳ないけど、職業がらたくさんの人に会うものだから……。もし私たちが知り合いだったとしても……」

「それ以上だったよ、ベルベット」ジェラードが硬い表情で言った。

ベルベットはうろたえ、不安げに唇をふるわせた。

「どういうこと？」

ジェラードはベルベットを見下ろすように首を傾けた。「つまり、僕たちは恋人同士だったんだ、ベルベット」

2

ベルベットはジェラードの手をふりほどいた。「信じられないわ！」

男の目が細くなり、氷のように冷たい線になった。「本当だ。間違いない。僕は君を愛し、君にも愛されていると思っていた。僕は君にとって初めての男性だったようだ」

ベルベットは目を見張った。「初めての……」

「僕は君の最初の恋人だった。二人が結ばれた時それがわかった」彼の唇が苦々しげに歪《ゆが》んだ。

「私……私……ああ！　そんなはずはないわ」

ジェラードはラウンジへ行き、ブランデーを二つのグラスにつぐと、ベルベットに一つ手渡した。「飲みなさい」彼は命令するように言い、自分の分を飲みほした。強い酒にも表情は全く変わらない。

ベルベットは一口すすり、慣れない味に眉をひそめた。アルコールは嫌いで、飲んだことがないのだ。

「もう帰ったほうがいい。これ以上話すことはなさそうだ」苦々しい口調でジェラードが言った。

「私……いいえ……そうね、帰るわ」ベルベットはうろたえてエレベーターの方へ足を向けようとした。

「だがその前に……」男の手が彼女をもう一度ふり向かせた。「その前に、こんなにも長い間、日ごと夜ごと僕を悩ませ苦しめた女の唇を奪ってやる！」唇が合わされ、答えを求めるように押しつけられた。

アンソニー以来、ベルベットにキスした男はいない。彼女が誰も近づけようとしなかったのだ。だがジェラード・ダニエルズは許しを求めもせず、彼女の気持などおかまいなしに、唇を奪ってしまった。

しかしベルベットは彼のキスに魅了されていた。最初に唇が触れ合った時から、その快さに酔い、思わず応《こた》えてしまいそうになる。

突然ジェラードの唇が和らぎ、砂漠で水を求めるように、ベルベットの唇をさぐり始めた。ドレスの大きくくれた背を彼の手がやさしくなぞり、ベルベットの体をふるわせる。遠い昔の記憶のようなものが、彼女の脳裏をかすめた。この男は以前私にキスしたことがあるに違いない。触れたことがあるに違いない。それなのに私は覚えていない！

ジェラードはキスを続けながらベルベットを抱き上げ、寝室へ入ると足でドアを閉めた。

ドアがぴしゃりと閉まる音でベルベットは我に返った。「だめよ!」

「だめ?」苦しげなうめきとともに、青い瞳が燃え上がった。

ベルベットはもがくようにベッドから降りた。「だめ……私、なにがなんだかわからなくて……」

「君は僕に抱かれることを望んでいた」

彼の言うとおりだ。頬が赤く染まった。見も知らぬ人に欲望を感じるなど、これまでなかったことなのに。だが、彼は知らない人なのだろうか?

「そして僕も君が欲しい。今になってもまだ僕が君に情熱を覚えると知って、どんな気持だい? 僕が君に夢中だったと知って、くだらないスリルを感じるかい?」あざけるように彼は続けた。

ベルベットはおびえた。「私……私……」

「僕たちの間には、特別な何かがあると僕は思っていたよ、ベルベット。別れても消えない愛のようなものが」

「ごめんなさい……」ベルベットは眉をひそめた。

ジェラードの目が深いブルーにきらめいた。「出て行ってくれ!」吐き捨てるような言葉だ。「僕はずっと幻に恋していたんだ。だが今は現実が見える。君にとって僕はなんの意味もない存在だったんだ。君は時間を無駄にすることなく、立派な弁護士殿と結婚した」

「アンソニー……？」

「そうだ、アンソニー・デイルだ！　君はどのくらい待ったんだ？　一週間か？　二週間か？　それ以上待ったとは考えられない！」

ベルベットは首を振った。「私……」

「覚えてないのか！　そうだ、君は覚えてないんだ。僕はなんてばかなんだろう。僕たちの間には何かがあると思っていたのに、全くの思い違いだったとは」

「お願い。あなたにはわかっていないのよ……」

「いや、わかった。やっとわかったよ。さよならベルベット」

「お願いだから……」

「出て行くんだ！」ジェラードはベルベットをにらみつけると、ラウンジへ行ってウイスキーとグラスを取ってきた。そしてベッドに身を投げ、ウイスキーをあおり始めた。「ドアを閉めて行ってくれ」

ベルベットはよろめくように部屋を後にすると、エレベーターへ走り込んだ。ジェラード・ダニエルズは酔いつぶれるつもりなのだろう。私も酔って心の痛みを忘れてしまいたい。

だがベルベットに必要なのはアルコールよりも、はっきりした頭でこのパズルを解くことだった。いやパズルというよりも、空白といったほうが当たっている。彼女には埋めることのできそうにない空白……。

なぜ彼のことを覚えていないのか、ジェラードに説明したかった。だが彼は信じないに違いない。

ベルベットは誰にも会わず、部屋までたどりついた。彼女を見た人がいたら、青ざめた顔色をきっといぶかしんだだろう。

病院の医者たちは、アンソニーの死によるショックと、トニーの出産のためだろうと説明した。病院で我に返った時、ベルベットはそれ以前十一カ月間の記憶を失っていたのだ。わかっていたのは、愛する夫を亡くしたことと、彼の子を産んだことだけだった。

アンソニーとは一年六カ月つきあい、六カ月の婚約期間があった。だが結婚生活はすっぽりと記憶から抜け落ちている。彼の死のショックが、その間のことを消し去ってしまったのだろう。

そして今ジェラード・ダニエルズは、その空白の十一カ月間に二人が恋人同士であり、彼がベルベットの最初の恋人だったと言い張っている。空白の期間以前にアンソニーと愛を交わし合ったことがないのは確かだった。結婚まで待ってくれた彼に、ベルベットは尊敬の念を深めたものである。

アンソニーは兄の友人だった。彼に初めて会ったのは十九の時で、金髪のハンサムな容姿と、真面目そうな物腰を好ましく思ったものだ。兄のサイモンと同じ法律事務所に勤めていたが、町にはまだ越して来たばかりで、サイモンがなにくれとなく世話をやき、ある日家へ夕食によんだのが初めだった。その頃両親が次男夫婦のいるオーストラリアに移住したため、ベルベットはサイモン夫妻と同居していた。後から行くはずだったベルベットは、アンソニーに会ったことで気持を変え、結婚まで兄の家で暮らすことにしたのである。

いったいどこにジェラード・ダニエルズの登場する余地があったのだろう？　それに答えられるのは彼一人だが、今晩のような別れ方をした後で、彼が話してくれるかどうかは、はなはだ疑わしい。

こんなことは初めてだった。空白の時期にベルベットに会ったと言い張った人物はこれまでにいない。彼女はその時期が空白であることを受け入れるようになっていたし、アンソニーとの結婚生活は幸福だったと確信していた。サイモンもそう言っていた——そうだ、彼ならジェラード・ダニエルズのことを知っているかもしれない。明日電話してきいてみよう。

奇妙な出来事の連続でベルベットは眠れそうになかった。アンソニーとの婚約中に恋人を持つなどということがあり得るだろうか？　そんなことあるはずがない。絶対にあり得ない。特にジェラード・ダニエルズのような男とは！　アンソニーは十歳年上だったが、ジェラードはもっと上だろう。そんな男とつきあうなど、考えられないことだ。

カーリーがドアをノックした時には、ベルベットはとっくに目覚めて身づくろいしていた。そして質問の雨を浴びせられることも覚悟していた。

「ジェラードの部屋は何時頃出たの?」

「あなたたちが帰ったすぐ後よ」

「すぐ後?」カーリーは失望したようだ。

「ええ、本当よ」ベルベットはため息と共に答えた。

「じゃ彼はあなたに何の話があったの?」

「仕事のことだけだったわ」

「うそ!」

「カーリー……」

「ベルベット、あの人があなたを気に入ってたのは一目瞭然《りょうぜん》だったわよ。彼はあなたと特別な関係になりたいのよ」

「そうかもしれないわ」

「かもしれない、じゃないわよ。ポールと私は彼の熱気をずっと感じてたわ。逃げられてほっとしたくらい」

ベルベットは赤くなった。「私、彼は……」

「彼があなたを特に注文したのよ」

ベルベットは目を見張った。「どういう意味？」

カーリーはベッドに腰かけ、ベルベットもその前の椅子に座った。「ジェラードはあなたをほかの仕事で見かけて気に入ったんだと、ポールは思っていたらしいの。でも昨日の晩以来、あなたたちが前から知り合いで、そのためにあなたが選ばれたとわかったのよ」

「つまりジェラード・ダニエルズが私を連れてくるようにポールに頼んだってわけ？」

「そのとおりよ」

ベルベットは不愉快だった。ジェラードが自分のことを知りすぎているのもいやだった。プライバシーの侵害ではないか。ベルベットはすっくと立ち上がった。「今日は仕事をするの？」

カーリーはがっかりしたように言った。「まあ、ジェラード・ダニエルズの話はもうおしまい？」

「そうよ」

「これから先もずっと？」

「わからないけど、たぶんそうね」

「残念だわ。あんなにすてきな人なのに。かっこいいじゃないの、背が高くて、色が浅黒くて、それに神秘的で」

ベルベットはほほ笑んだ。「ポールはどうなの？」

「大変、ポール！　ロビーで会う約束になってたんだわ。みんなで早く朝食を済ませて、あまり暑くならないうちに仕事をしようって言われてたの」

「それはいい考えだわ。昨日は暑さでまいってしまったもの」

「私もよ。さあ、行かないとポールがかんかんだわ」

エレベーターを降りると苦い顔のポールが待っていた。「寄り道しないように言ったはずだよ」食堂へ向かいながらポールはカーリーに言った。

カーリーは舌を出してみせた。「あなただって昨日のことを知りたがってたくせに。それなのに人のことおせっかいだって言わんばかりなんだから」

ポールは渋い顔で三人分のコーヒーとトーストを注文した。「ベルベットとダニエルズさんとのことは、僕たちには関係ないんだってさ」

「誰がそんなこと言うの？」とカーリー。

「ダニエルズさんだよ」

ベルベットは眉をひそめた。「いつ言ったの？」

「たった今さ。飛行場へ行く前に」

するとジェラード・ダニエルズはここを発《た》ったのだ！　もう彼が突然現れることもないと知ると、ベルベットは急に解放感を覚えた。「私たちほんとになんでもないのよ、ポール。それから私はトーストはいらないわ、コーヒーだけで」

「いや、トーストを食べたほうがいい。昨日の晩はほとんど何も食べなかったじゃないか」

ベルベットは笑いながら答えた。「あなたが私の健康を心配してくれるなんて、信じられないわ」

「ごめん、ベルベット。僕も暑さでいらいらしてるらしいな」

「まあ、そんなあやまり文句って聞いたことないわ」カーリーが口をはさみ、二人の女性がそろって笑い始めると、つられてポールも笑いだした。

二人はジェラード・ダニエルズの話を忘れてくれたらしい。私ももう彼のことを考えるのはやめて、サイモンに電話できくのもよしておこう……。

その時グレッグ・ボイドが食堂に現れた。前日よりずっとフォーマルな装いで、グレーのスーツと白のシャツがとてもスマートに見える。

「やあ」彼は三人の方へほほ笑みかけた。

「おはよう」ベルベットもほほ笑んで、ほかの二人に彼を紹介した。

グレッグは三人のテーブルに一緒に座ると、ベルベットに言った。「僕、今日の午後はあいてるんだけど、あなたの都合はどう？」

「ポールにきいてみてちょうだい」

グレッグはポールの方へ顔を向けた。

「いいとも」ポールは肩をすくめた。「午後はいずれにしろ暑すぎて仕事にならないからね」

「まあご親切だこと！」カーリーは不服そうだ。

その顔を見てポールは眉を寄せた。「君はエバーグレイズへドライブに行きたかったんだろ？」

「ええそうよ」カーリーは熱心にうなずいた。

「じゃあ黙ってるんだな」

ベルベットは笑いながら、心配そうな顔のグレッグに言った。「気にしないで。二人は恋人同士なの」

「なるほど」グレッグはにやりとした。「それで午後のことだけど……」

「よかったら一緒に行きませんか」ポールが言った。

「そうしたいけど、僕はそんな遠くまで行くほど時間がないんです。六時には仕事に戻らなくちゃならないから」グレッグが残念そうに説明した。

「エバーグレイズまでどのくらいあるんですか？」ポールはうんざりしたような声になった。

「片道一時間で、向こうでのツアーが二時間。ツアーに入らないと何も見られないんです」

「なんてことだ。僕は団体ツアーは大嫌いなんだ」

「じゃ自転車で回ったら？　道のりは二十キロちょっとだし、自転車は向こうで借りられるから」

「自転車！」ポールのあっけにとられた顔を見て、カーリーがふきだした。

「あなたいつから自転車に乗ってない？」

「君こそいつからだい？」ポールがにらんだ。

「六カ月くらい前よ。広告の撮影で乗ったもの」

「あの時は座っただけで、乗ったわけじゃないだろ」ポールはグレッグの方へ顔を向けた。

「やっぱり自転車はやめてツアーにしますよ」

「それがいい。きっと面白いですよ。でもエバーグレイズがハリウッドの映画に出てくるとおりだと期待しないでください。だいたいが平らで高い木なんかありません。ところどころ小さな木立があるくらいで」

「まあ」カーリーは失望したようだ。

「でも映画と同じようなところもありますよ」

「まだ行きたいかい？」ポールがたずねた。

「どうしようかしら……」

「がっかりさせるつもりはなかったんだけど」グレッグはため息をついた。

「そんなことないわ。行きましょうよ、ポール。あなたを鰐《わに》に食べさせてやるわ」

「この前は鮫《さめ》で今度は鰐か！　君はもう僕のこと愛してないらしいな」ポールがからかった。

カーリーがにっこりした。「そうよ！」

「うそつきめ！」

グレッグはにやにやしている。「仲のいいこと！」

「本当にそうでしょ？」ベルベットも笑った。

「ところで僕たちはどこへ行こうか？」

「オーシャン・ワールドはどう？」

「どうして僕とデートする女の子はみんなオーシャン・ワールドへ行きたがるんだろう？」

ベルベットは思わずほほ笑んだ。「これまでに何回行ったの？」

「五十回ぐらいだよ、今年だけで！」

ポールがふきだした。「気の毒に！　その努力に対してごほうびはもらったのかい？」

「たいていはね」グレッグはにやりとした。

「あの二人ちょっと失礼じゃない？」カーリーがベルベットに、男たちに聞こえよがしにささやいた。

そのとおりだ。グレッグのことは好きだが、ベッドを共にする気はさらさらない。「今日は仕事をするんじゃなかったかしら？」ベルベットはわざと気どって言った。

ポールは空のコーヒーカップを押しやった。「よし、行こう」

カーリーも立ち上がった。「じゃ外で会いましょう」二人は先に食堂を出て行った。

「さっきのはあなたのことを言ったんじゃないんだ」グレッグはベルベットが行こうとするのを見て心配そうに言った。

「そうかしら？　モデルというものをどう思ってるか知らないけど、たいていの人は真面目に働くし、夫かステディのボーイフレンドを持ってるものよ」

「あなたにもステディのボーイフレンドがいるの？」

「私は例外よ」

「僕は三十歳で老人だからボーイとは言えないけどあなたの友達になりたいんだ。あなたが好きだから、一緒に過ごしたいだけなんだよ」真剣な声だ。

「本当にそれだけ？」

「スカウトの名誉にかけて」

「ボーイ・スカウトに入ってたことがあるの？」

「ない」グレッグはにやりとした。

ベルベットは首を振った。「そうだと思ったわ。ねえ、もし友情以上のものを期待してるんだったら時間の無駄よ。イギリスにいる息子に恥ずかしいようなことはしないわ」

……だがジェラード・ダニエルズは二人がベッドを共にしたことがあると言っていた……。

彼の手が背中に触れた時のことを思い出してベルベットは顔を赤らめた。

「わかったよベルベット。確かに僕はそれ以上のものを望んでたけど、あなたがどういう女の子かよくわかった。それでもオーシャン・ワールドには行きたいと思うけど」

ベルベットは笑いだした。「今年五十一回目に?」

「百回目だってあなたとなら行きたいよ」

「わかったわ。何時に会いましょうか?」

「ロビーで二時は?」

「いいわ。さあ、本当に仕事に行かなくちゃ」

「僕もだ」グレッグは立ち上がって手を振った。

カーリーとポールは表のバンの中で待っていた。ポールはいらいらし、カーリーはグレッグの出現で興奮している様子だ。

「あなたって不思議な人ね。あっちからもこっちからも男性が出てきて」カーリーがからかった。

「グレッグには昨日会ったばかりなのよ」

「別に説明しなくてもいいわ。あなたは自由よ。でもこれまであなたが男性といるのを見たことなかったのに、急に二人も出てくるから驚いたのよ」

「ダニエルズさんは違うわ。彼は……」

「違うようには見えなかったよ。彼は君に夢中だよ」今度はポールだ。

ベルベットは赤くなった。「違うわ！　彼は……」

「説明しなくていいのよ、本当に。あなたが立ち直ったのを見て喜んでるのよ。あなたは一人でいるにはきれいで若すぎるもの」

「でもトニーには私が必要だわ」

「だけど君にだって必要なものがあるだろう？」

ベルベットはさらに頬を赤らめた。「それじゃないわ、絶対に」ぴしゃりと言ったが、ジェラード・ダニエルズに対する自分の反応がまだ頭にこびりついていて、落ち着かない気持だ。

ポールは唇を歪めた。「ベルベット、それは誰にでも必要なんだよ。ただ人によっては、自制心で抑えることができるけど」

「じゃ私もそうなんだと思うわ」

「うそだろう！」ポールは首を振った。

「ポール……」

「ポールはからかってるだけよ、ベルベット」

「いや違うよ、カーリー。僕たちは長年ベルベットと一緒に仕事してるんだから、こういうことを率直に話してもいいと思うんだ」

「率直すぎるわよ」

「ベルベットはどう思う?」

ベルベットはため息をついた。「あなたがそう言ってくれるのはありがたいんだけど、今のところトニーのことが一番大切だわ」

「でも男性の入る余地くらいあるだろう」

「ジェラード・ダニエルズとグレッグはだめだけど」

「わかったよ」ポールは肩をすくめた。

今日の暑さはまた格別だ。ついに耐えられなくなったベルベットは、仕事を終えると青い海へ飛びこんだ。しばらく泳いで戻ると、砂浜ではポールがカメラをかたづけている。彼の視線がベルベットに注がれた。「君が言ったとおりその水着は泳ぎには向かないな。脱げはしないけど、透明になってるよ」

ベルベットはびっくりし、あわてて上着を引き寄せた。「知らなかったわ!」困惑のあまり腹が立ってきた。

「別に文句言ってるんじゃないよ」とポール。

カーリーがポールの腕を叩《たた》いた。「私が文句を言うわ。あっちを向いてらっしゃいよ!」

ベルベットが着がえにバンへ入ると、カーリーも後に続いた。「それほどでもないわよ」カーリーはくすくす笑っている。

ベルベットの顔はまだ真っ赤だ。「ジェラード・ダニエルズはこんな水着を売るべきじゃないわ！」そう言うと水着を脱ぎ捨てた。どんな顔でポールに会えばいいのかわからない。ほかのモデルがしているようなセミ・ヌードだって、これまで拒否してきたというのに。

だが心配することはなかった。二人が戻ったときにはポールはそんなことはすっかり忘れた様子で、カメラに砂が入ったのをしきりに心配していた。

「これをきれいにしなくちゃ。カーリー、すまないけどエバーグレイズはとりやめだ。どうしてまたダニエルズは、スタジオじゃなくわざわざ砂浜で撮影させるんだろう。フロリダは最悪なんだ。光はだめだし、風は強すぎるし、ひどい暑さだし。それにカメラは台無しになるし」

ベルベットには、なぜジェラード・ダニエルズがフロリダを指定したのかわかるような気がした。彼は私をここへ来させたかったのに違いない。

「あなたもグレッグと私と一緒に出かける？」ベルベットはカーリーにたずねた。

「いいえ、ポールと一緒にいるわ」

「どうしても？」グレッグと約束したのを後悔し始めていたベルベットは、カーリーに一緒に来てほしかったのだ。

「ええ」カーリーはうなずいた。

しかしグレッグといるのは案外楽しかった。あしかやいるかのかわいらしい芸を、ベルベットのそばで辛抱強く見てくれている。いるかの中に一匹なまけものがいて、道化役を演じているのが特に愛らしかった。

二人がいるかのプールからの階段を下りようとしている時、前方にいた婦人が突然よろけたと思うと、最後の三段ほどを滑り落ち、叫びをあげた。脇《わき》にいた小さな女の子が心配そうに駆け寄った。

「大丈夫よビッキ」痛さに顔をしかめながらも、婦人は女の子を安心させようとしている。ベルベットとグレッグは急いで階段を下りると、その美しい婦人のそばにかがみこんだ。茶色の目に浮かんだ困惑の色と、ひどく青ざめた顔色に、隠しきれない痛みの激しさがうかがえる。

女の子は六、七歳だろうか。か細い体つきがジーンズとTシャツの上からもわかる。長くまっすぐな黒髪と深いブルーの瞳。とても愛らしい少女である。母親のことで見るからにうろたえている様子だ。

「足首ですか?」グレッグがたずねた。

「ええ」婦人が苦しそうに答えた。

「病院へお連れしましょう」

女の子はおびえて目を大きく見開いている。

「大丈夫よ、ビッキ」婦人は起き上がろうとしながら、はっきりイギリス人とわかるアクセントで言った。

「いや！」女の子は首を振った。「病院はいやよ！」

ベルベットはその方へ飛んで行った。「大丈夫よ。病院へ行っても、誰もあなたに痛いことしないわ」

「だって病院では人を殺すんですもの」

ベルベットはこの言葉に驚いて、婦人の方へ視線を投げた。

「すみませんが、ビッキをホテルへ連れて行ってくださいませんか？」

「ええ、あの……」

「それがいいよベルベット。あなたがビッキの面倒を見てくれれば、僕はこの人を病院へ連れて行く」

それが一番賢明なようだ。このおびえた少女を病院へ連れて行ったら、ヒステリーを起こすかもしれない。

「アイスクリームを買ってあげましょうか、ビッキ？」ベルベットは少女をなだめるように言った。

「フェイ……?」少女は婦人の顔を見ている。

「ベルベットさん、ですね? ベルベットさんと一緒にいらっしゃい。私はボイドさんと足首を診てもらいに行きますから」

ベルベットは眉を寄せた。グレッグはこの二人を知っているのだろうか? それにこの二人は母子ではないらしい。姉妹なのだろうか。

「このお二人はうちのホテルに泊まってらっしゃるんだ、ベルベット。ビッキと一緒に帰って待っていてくれるね」立ち上がろうとするフェイに手を貸しながらグレッグが言った。

「アイスクリームはなしなの?」とビッキ。

「買ってあげるよ。でもあまり遅くならないうちにホテルへ戻るんだよ」グレッグがにっこり笑った。

「でも私……」ベルベットが言いかけた時にはもうグレッグは行ってしまっていた。ベルベットはビッキを見下ろした。「バナナ・スプリットはどう?」

「すてきだわ!」子供は目を輝かした。

アイスクリーム・パーラーで大きなバナナ・スプリットを手にする頃には、ビッキの恐怖はすっかり消え去ったらしい。食べ終えると彼女は椅子に深く腰かけた。「今何時か教えていただけますかしら?」

その大人びた口調にベルベットは笑いだしそうになるのをこらえた。「五時十分過ぎよ」

「それじゃもう帰らなくちゃ」ビッキは椅子から降りると、ベルベットを見上げた。「パパがもう戻ってるわ。私のこと心配してると思うの」

頼んでおいたタクシーに乗り込みながらベルベットはたずねた。「お父さまと一緒なの？」

ビッキはこくりとうなずいた。「そうよ。ママは……死んだの。それでフェイが私の世話をしてくれるの」

「そうだったの」ベルベットは小さな手をぎゅっと握りしめた。「でもフェイはやさしそうね」

「わからないわ。フェイとは友達になったばかりだもの……二、三カ月前から。ママが死んでからよ」

母親の死は最近のことらしい。ビッキの年齢から考えれば、きっと若かったのだろう。そしてたぶん母親が病院で亡くなったせいで、さっきあんなにおびえたに違いない。この年齢の子供にはさぞかしつらい経験だったろう。何が起こったのかはわかっても、なぜなのかはまだ理解できないだろうから。

「お友達になってくれる？」ビッキが恥ずかしそうにきいた。

「もちろんよ」ホテルの前でタクシーから降りながらベルベットはうなずいた。二人の間にはもう絆《きずな》のようなものが生まれていた。

突然ビッキが歓声をあげ、ベルベットの手を離れて駆けだしたかと思うと、「パパ！」とフロントからこちらへ向かってくる男性の腕の中に飛び込んだ。

ベルベットは息をのんだ。ビッキを抱きしめているのは、ほかならぬジェラード・ダニエルズではないか。すると、彼が話していた八歳の娘とは、ビッキのことだったのだろうか。

ベルベットの方を見やったジェラードの目は氷のように冷たく、表情は険しかった。彼は大股でベルベットに近づいた。「あのおろか者が私の娘を預けた若い女性というのは君のことなのかね？」

彼はひどく怒っているらしく、顔が蒼白《そうはく》になっている。ただ声だけは、ビッキの手前を考えてか、抑えた調子を保っていた。

もうイギリスに帰ったとばかり思っていたのに。ベルベットは当惑していた。「まだいらしたのね」

「もちろんいるとも」はねつけるような答えが返ってきた。「どこにいると思ってたんだ？」

「でも……飛行場にいらっしゃったって……」

「ビッキとあのおろかな女を迎えにね。治ったらすぐくびにしてやる」

「フェイのこと？」

「そうだ」

「彼女の具合はどうなんですの?」

「足首を折ったらしい。首の骨を折らなかっただけ幸運というものだ。足が治って、私が何を考えているか知ったらきっと悔やむことだろうよ。無責任にも娘を見ず知らずの他人に渡したことをね」

ベルベットは驚いた。「彼女は無責任なんかじゃありません。足にけがをして、病院に行かなければならなかったんですもの。それでグレッグが……」

「それはいったい何者だ?」

「ここの副支配人ですわ」

「それでその男はこの件にどういう関係があるんだね?」

「ご存じないの?」

「知ってればきかないだろう」

「そうね」ベルベットはばかにされたような気がした。「グレッグと私はオーシャン・ワールドにいる時、フェイの事故に出会ったんです。グレッグが彼女を病院へ連れて行きましたわ。彼があなたに電話したものとばかり思ってました」

「いや、ミス・ロジャーズが電話してきた。その場に居あわせた女性にビッキを預けたといってね」

「ベルベットよ、パパ。とてもいい人よ」ベルベットに加勢するように、ビッキが口をはさんだ。

ダニエルズの家族が応援してくれるというのはありがたいことだった。ジェラード・ダニエルズ自身は好意的どころか、まるで罪人のようにベルベットを扱っているのだから。

「フェイは……ミス・ロジャーズは見も知らぬ人間にビッキを預けたわけじゃありませんわ。グレッグと彼女はお互いに顔見知りでした。私のこともホテルの従業員だと思ったのかもしれません」

「本当は彼のガールフレンドというわけか」

「ただの友達ですわ」ベルベットはきっぱりと言った。

「パパ、私ともお友達なのよ」とビッキ。

「けっこうなことだ！」

「パパも友達になりたいって頼んだら？」

娘の顔をのぞきこんだジェラードの顔が微笑に和らいだ。「もう頼んだけど、断られたんだよ」

「パパが怖い顔をしたからじゃない？」

「怖い顔？」

「そう、こんなふうに」ビッキは怒った時の父親の顔を上手に真似してみせた。

それを見たベルベットはおかしさに耐えられず、小さく笑い声をあげてしまった。「そんなにおかしいかね、デイルさん」ジェラードの冷たい声が響いた。「僕にはそうは思えないが。ビッキ、デイルさんにおやすみを言いなさい。もう帰らなければ」

「おやすみ、ベルベット」子供はあくびをしながら、父親の肩にもたれた。長い空の旅のせいもあって、疲れたのだろう。「明日も会える？」

「そうね……」ベルベットはジェラードの傲岸《ごうがん》な顔に視線を投げ、「たぶんね」とごまかした。

だが歩み去ろうとするジェラードの顔は、疑いもなく、娘にはもう近づかせないと語っていた。

部屋に戻ってかなりたってから、ベルベットはビッキが最近母親を亡くしたと言っていたのを思い出した。もし彼女が最近死んだのなら、ジェラードが言うように二人が恋人同士だった時期には、彼は結婚していたということになる！

3

ベルベットは夕食のために食堂へ行き、カーリーとポールと一緒にテーブルについたが、ジェラードのことが頭を去らず食欲は全くなかった。

「さっきロビーで何があったの？　ダニエルズさんがひどく怒ってたようだけど」カーリーが言った。

「カーリー！」ポールがしかめっ面をした。「いつになったらおせっかいが直るんだい？」

「あら、直ることなんてないわ」カーリーは笑った。

「ベルベット、ごめんよ。全くどうしようもない！」

ベルベットは笑った。「いいのよ。でもどこで見てたの？」

「ラウンジにいたのよ。あなたたちが戻る一時間くらい前から、ダニエルズさんはロビーを行ったり来たりしてたわ。ものすごく怒ってたわよ。何があったの？」

ベルベットはことのなりゆきを説明した。仕事に影響のあることだから、説明する義務があると考えたのだ。

カーリーが口笛をふいた。「なるほど、あれが彼の娘ってわけね」

「ええ、小さいけどとても利発な子なのよ」

「彼はとてもかわいがってるみたいね」

「そうよ。それにビッキも彼をとても慕ってるわ」

「あの年頃で母親を亡くすのはつらいだろうな」

ベルベットは唇をかんだ。「早く立ち直るといいけど。フェイまでけがをしてしまって」

「ビッキの問題は彼にまかせておくさ」料理が来たのを見てポールが話を打ち切った。

ジェラード・ダニエルズはベルベットの心配をよけいなお世話だと言うだろう。だが心配せずにはいられない。ビッキは母親を失ったうえにせっかくなじみかけた養育係まで失おうとしている。考え直すようジェラード・ダニエルズを説得しなければ！　フェイはあの状況でできるだけのことをしたのだ。責められる理由はない。

ジェラード・ダニエルズはベルベットの介入をいやがるだろう。だがかまいはしない。すでに彼は怒っているのだ。とことん怒らせればいいではないか。

ポールがじっと見つめている。「何か決心したみたいだね」

ベルベットはほほ笑んだ。「ええ、そうよ」

「僕たちには秘密なのかな？」

「そのとおりよ」

「面白そうね」カーリーがにやりとした。

「プライベートなことだよ。この言葉の意味はわかってるだろうね」ポールがいましめるように言った。

「いじわる！」カーリーはポールをにらみつけた。

ラウンジでコーヒーを飲んでいると、グレッグが現れた。「あんまりゆっくりできないんだ。怠けてるのを見られたら大変だもの。ダニエルズさんの怒ったことといったら！」

「お嬢さんのことででしょ」ベルベットはうなずいた。

「あなたにもやっぱり怒ったのかい？」

「ええ。ロジャーズさんの足首はどう？」

「何日か入院することになるらしい」

「かわいそうに」しかも彼女は解雇されそうなのだ。

「うん。今日着いたばかりなのにね。僕が電話すべきだったのに、フェイが自分でするって言ったんだ。だがダニエルズさんの今晩の様子を見る限り、フェイはどうもうまく説明できなかったらしい。全くわからないよ。彼、ふだんはとてもいい人なのに」

カーリーが意味ありげな視線を投げたが、ベルベットは知らんぷりをした。ジェラード・ダニエルズの様子がどうだろうと、私とはなんの関係もない。あるはずがない。いずれにしても、私の見る限り彼はとても怒りっぽいのだ。

グレッグが立ち上がった。「仕事に戻らなくちゃ」

「私も部屋へ戻るわ」ベルベットもそれに続いた。「海の風で疲れてしまったみたい」

グレッグがにやりと笑った。「僕もあなたと同じ九階へ行くところなんだ」

ベルベットは赤くなりながらカーリーとポールに別れをつげ、頭をぐっと高く上げてまっすぐラウンジを出た。

「本当に九階に用があるの？」エレベーターに乗ると、ベルベットは厳しい口調でグレッグにきいた。

「本当だとも。うそだと思ったの？」

「そう思ったのは私だけじゃないわ」カーリーとポールだって同じように考えたに違いない。

「あなたの部屋のすぐ近くの客から苦情がきたんだ。調べて処理しなくちゃならない」真剣な声だ。

ベルベットは自分がおろかなうぬぼれ屋だったような気がしてきた。グレッグは仕事中だし、今日すでに一度ジェラード・ダニエルズから叱責されているのに、ベルベットの部屋にしのんで来るはずがない。

「ごめんなさい。ばかなことを言って」

「そりゃもちろん、僕だってもし時間があれば……」

ベルベットは笑い声をあげた。「それを言ったら台無しだわ。せっかくあなたを信じかけてたのに」

「あなたをあんまり安心させてしまいたくないからね。僕は女性と友達づきあいするタイプじゃないんだ」

ベルベットはくすくす笑った。「もし私に迫るつもりだったら……」

「今晩は、デイルさん。ボイド」

突然冷たい声が聞こえ、ベルベットの顔からさっと笑みが消えた。ふり向くと、ジェラード・ダニエルズが廊下に立ちはだかっている。「ダニエルズさん、私に何かご用ですの？」ベルベットは冷ややかに言葉を返した。

ジェラードは見下すようにグレッグを見、そしてベルベットに視線を戻した。「そのつもりだった、確かに。でも君は忙しそうだから……」

「私、忙しくありませんわ」ベルベットはフェイ・ロジャーズを助けたいというさっきの決意を思い出して、急いで言った。「グレッグはもう行くところでしたの、ね、グレッグ？」ベルベットは助けを求めるようにグレッグを見た。ジェラード・ダニエルズは状況を誤解している――一刻も早く誤解を解かなければ！

「僕は……ああ、そうでしたね」グレッグは苦情処理の仕事などすっかり忘れた様子で、エレベーターへ戻って行った。

ベルベットとジェラード・ダニエルズは二人きりで後に残された。「誤解なさらないで、彼は……」

「君が僕の使用人と何をしようと興味はない」ジェラードが冷酷な声でさえぎった。「君が、そう、君の友人と何をしようとね。しかし、ボイドが勤務中であれば僕も考えなくてはならないが。そうなのかね?」

「ええ、でも……」

「では彼の処置は後で考えよう」

「待ってダニエルズさん、誤解だわ! 私は……」廊下の向こうから人が出て来て、不審そうな視線を投げているのを見て、ベルベットは言葉を切った。「私の部屋でお話ししません?」

青い目にさぐるような色が浮かんだ。「君がそのほうがいいと言うのなら」

「話が混乱してるのをきちんと解決したいだけですわ」ベルベットは部屋に入り、明かりをつけ、バルコニーの戸を開け放った。ふり向くとジェラードはもうアームチェアに腰かけている。「お楽になさって」ベルベットは冷ややかな声で言った。

「しているよ」同じく冷ややかな答えだ。

「あら……本当にそうね」ベルベットはジェラードがあまりにリラックスしているのを見てうろたえていた。

「さて何の話だったかな？」ジェラードはベルベットの姿をしげしげと眺めながら、からかうような調子で促した。

この男はアンソニーを除けば、一番よく私を知っている人間ということになるのかもしれない。ベルベットは体がかっと熱くなるのを覚えた。

「ベルベット！」鋭い声が再び促した。

「あの……グレッグは私の所へ来るつもりではなく、この階の客室から苦情が出たのを処理しに来たんです」

「だが彼はその仕事をしなかった」

「いえ、彼は……あなたが突然現れたからですわ！」

「すると僕が悪いというわけか」

「私に何のご用でしたの、ダニエルズさん？」

その瞬間ジェラードは立ち上がり、ベルベットの腕をつかんでいた。「〝ダニエルズさん〟ともう一度でも呼んだら、君を奪ってやるぞ！」

ベルベットは青ざめた。「奪う？」

「そうだ！　君が都合よくも忘れていることを、君の体を僕がいかによく知っているかを、思い知らせてやる！」彼の手が背中に触れると、ベルベットの体に電流が走った。「わかったか？　君がどうすれば叫びをあげるか、僕はよく知っている。もう一度でもダニエルズさんと呼んだら、それを実行するだけだ」

彼の目に浮かんだ危険なきらめきが、その言葉がうそでないことを語っていた。ベルベットはふるえる唇をなめた。「もう言わないわ」

その唇にジェラードの視線が釘づけになった。「それもやめるんだ！　ああ、君を抱くのに理由など必要ないんだ！」唇が荒々しく合わされた。

この前のように、熱いキスがベルベットをとりこにし、かすかな記憶が彼女を苦しめ始めた。

「ああ、ベルベット、僕のことを思い出させてやろう……」

ジェラードはベルベットを抱き上げてベッドに横たえると、素早く自分の体を重ねた。「イギリスのことでも考えたらどうだ？」からかうような言葉が聞こえ、再び唇が合わされた。

イギリス！　ああイギリス、そしてトニー。ベルベットはもがき始めたが、ジェラードの重みはそれを許さず、その唇を受け入れるよう強要していた。

「思い出したかい？」

ベルベットは苦痛と当惑に顔を歪《ゆが》めた。「いいえ」うめきながら、しかしそれが必ずしも真実でないことに、彼女は気づいていた。確かにこんなふうにキスされたことがある。いつのことかはわからない。だが誰にキスされたのかは明らかだ。「あなたが話してくれれば思い出せるかも……」

「今証明してるじゃないか」突然ジェラードはベッドを下り、あからさまな軽蔑《けいべつ》を浮かべてベルベットを見下ろした。「君の夫のことも同じなんだろうな。彼がどんなふうに君を抱いたかも覚えてないんだろう」

ベルベットは蒼白《そうはく》になった。アンソニーのことも本当に覚えていないのだ。だがこの男はその理由を知らない。なぜベルベットが覚えていないのか、想像だにしていないだろう。ベルベットは唇をかんだ。「説明させてくださらない？」

「説明することなど何もない。君はまた僕を誘惑した」

ベルベットは憤慨して起き上がると、すばやくガウンをはおった。「私が誘惑、し、したですって？　よくもそんなことが言えるわね！」

「長居は無用だ」あざけるような声が聞こえた。

ドアへ向かおうとするジェラードを見てベルベットは眉をひそめ、「あなたが来た理由はこれだったの？」かすれた声でたずねた。

「いや、君が信じるかどうかわからないが、僕はさっきのふるまいを詫びるために来たんだ。ビッキが、僕が怖い顔をしていたと言い張るもんでね」

ベルベットは少女のことを思い出して表情を和らげた。「ビッキはどうしてます？」

「眠っている。今起こったことについても、僕は謝らなければいけないのかもしれない。

だが僕にとっては喜びだった。君は相変わらず美しい。ずっと君の美しさを忘れたことはなかった」ジェラードは首を振った。「君が僕をまだ愛してくれてさえいたら……」後ろ手にそっとドアを閉め、彼は去って行った。

ベルベットはベッドにくずおれた。体のふるえが止まらない。髪をかき上げようとする手はしびれ、奇妙な痛みが胸を走りぬける。

彼女ははね起きた。記憶は拒んでも、体はジェラードを覚えているのだ。すべての神経が彼に向かい、彼を求めている。だがこの渇望は永遠にいやされないのかもしれない。ジェラードは、もう二度とこんなことはしないと、決意したのかもしれないのだから。

ベルベットはバルコニーへ出た。九階からの眺めは実に素晴らしい。暗い海は神秘的で、月が波頭を白く照らしている。椰子《やし》の木々が風にそよぎ、空気は暖かだ。

今二人の間に起こったことに、何も特別な意味はないのだ。ベルベットは、アンソニーの死以来満たされていなかったノーマルな欲求に従っただけなのだ。これまではその存在にさえ気づいていなかった欲求に――。

欲求があるのは当たり前なのだ。ベルベットは二十二歳で、九十二歳ではないのだから。健康な若い女性なら当然のことだ。ポールも言っていたではないか。トニーがすべてだ、などと言ったのを聞いて、彼は、さぞかし空々しいと思ったことだろう。ベルベットには男性の愛が必要だった。しかし、その相手がジェラード・ダニエルズだとは思えない。二人の上には過去があまりに暗く影を落としすぎている。

ベルベットは部屋に戻り、眠りにつく用意をしようと考えた。冷たいシャワーを浴びれば、気持がおさまるだろうか。もしそれもうまくいかなかったら、今夜は眠らずに過ごさなければならない。

ベルベットはどうにか眠ることはできたが、眠りに落ちるまでに、ジェラードの唇と手の感覚を何度も思い出していた。そして幸福な夢に陶酔している時、突然電話が鳴った。受話器の向こうにジェラードの声が聞こえても、夢の中で電話を取った彼女は全く驚かなかった。

「ハロー、ダーリン」夢見心地にベルベットは言った。

「ベルベット、ベルベット、起きてるのか?」

頭の中の霧が晴れ、ジェラード・ダニエルズと電話をしていることがはっきりと理解できた。「え……あの……今何時?」

「朝の三時だ。いい夢を見てたのかい?」

「ええ……あの……夢なんか見てなかったわ!」

「そうだろうね。ベルベット、来てほしいんだ」

「何ですって?」ベルベットはうろたえた。今の夢が鮮明すぎて、現実と区別がつかない。

「僕のためじゃないんだ。ビッキなんだ。ヒステリー状態になってる。叫び声をあげて目を覚ましたんだが、君に来てほしがってきかないんだ」冷たい声で彼は続けた。

「私を？　でも……」

「ビッキは君が必要なんだ、ベルベット」

「わかったわ」ベルベットはさっと起き上がった。「すぐ行くわ」

「ベルベット」受話器を置く前にジェラードの声が聞こえた。「ちゃんと身づくろいして来てくれたまえ」

「今してるところよ」ベルベットは憤慨して言い返した。

「それならいい。君に来てもらうのは娘のためで、僕のためじゃないからね」

「冗談じゃないわ！」彼の言葉の意味に気づくと、ベルベットは受話器を叩《たた》きつけるように置いた。

二人のことはこの際抜きにしなくてはならない。今問題なのはビッキのことなのだ。とにかく、ビッキを助けなくては……。

ジェラードに招じ入れられて、見ると、木綿のネグリジェを着たビッキは哀れな様子で横たわっていた。髪は枕の上に乱れ、顔は真っ赤で涙ではれあがっている。しかし今は静かに空を見つめているだけだ。ベルベットは小さな声でジェラードにきいた。「何があったの？」

彼は青ざめ、見るからに困惑している様子だった。「君に電話した直後からこうなんだ」

そう言うと髪をかきむしった。急いで身支度したらしく、ジーンズの上にはおったシャツのボタンは全部はずれたままで、濃い胸毛がのぞいて見える。ベルベットは今しがたの夢を思い出して、急いで目をそむけ、ビッキの方に注意を向けようとした。「前にもこんなふうになったことがあるの？」

「妻が死んだ時以来初めてだ」

「それで病院という言葉がいけないのね」

「病院？」

「グレッグがミス・ロジャーズを病院へ連れて行くっていうのを聞いてビッキがひどく取り乱したので、アイスクリームを食べに寄ったのよ」ベルベットはジェラードの脇《わき》をかすめて寝室へ入った。「ビッキ？」

小さな青い瞳がこちらを向いたかと思うと、子供の体がベルベットの腕の中に飛び込んできた。「ベルベット！　来てくれないと思ったわ！　フェイやママみたいに、どこかへ行っちゃうと思ったの」ビッキは体をふるわせてすすり泣いた。

「フェイはどこへも行かないわ。もうすぐ治って帰ってくるわよ。でもママは行かなくちゃならなかったの」ベルベットはビッキを膝にかかえ上げた。

「でもどうして？」

ベルベットはジェラードを見上げ、またビッキの方へ視線を戻した。「ママは病気でとても苦しかったの。もっと苦しんだらかわいそうだったでしょ？」

「ええ……」

「そして今はもう苦しくないのよ」

「でもいなくなっちゃったわ！」

「そうね。でもパパがいるわ。パパはあなたをとても愛してるのよ」

ビッキはうなずき、眠そうにまぶたを落とした。「私もパパが大好き。それからあなたも。どこへも行かないでしょ、ベルベット？」

「ええ、あなたが眠るまでここにいるわ」

ビッキの体がこわばった。「違うの。ずっといてほしいの」

ベルベットは助けを求めようとジェラードを見上げた。彼はかたわらにかがみこみ、娘の手を取ると柔らかく言った。「ビッキ、ベルベットのところにも小さな坊やがいるんだよ」

父親そっくりの青い目が大きく見開かれた。「ほんと？」

「そうだよ。まだ赤ちゃんだから、君よりもっとベルベットのことが必要なんだ」

「まあ」

「わかったね、ビッキ」ジェラードはほほ笑んだ。

「うん……わかったわ」子供は眠そうにうなずいた。

ベルベットはビッキを抱き上げてベッドに寝かせ、脇に座った。「眠るまでここにいてあげるわ」そしてジェラードに言った。「私が見てますから、どうぞあちらのお部屋にいらして」

彼は娘の額にやさしく口づけした。「おやすみ」

「おやすみなさい、パパ。悪い子でごめんなさい」

「君は悪い子なんかじゃないよ」

「でもベルベットに来てもらったり、それに……」

「いいんだよ。さあ、おやすみ」彼はもう一度この上なくやさしい口づけをした。

枕に頭をつけたと思う間もなくビッキは眠りに落ちていた。ジェラードはその上に毛布を着せかけた。表情にやつれの色が見える。

「もう大丈夫かしら?」ベルベットはラウンジに落ち着くとジェラードにたずねた。

深いため息とともに彼は答えた。「そうだといいのだが」そしてウイスキーをグラスにつぐと一息に飲みほした。「君もどうだい?」

「いいえ、けっこうよ。もう行かなくちゃ」

「いや、しばらくいてくれないか」懇願するようにジェラードが言った。彼の日焼けした顔には疲れが見え、目尻に深いしわが刻まれている。ベルベットの気持は和らいだ。

「じゃ少しだけ」一人になりたくない彼の気持がわかるような気がしたのだ。

「本当に何も飲まないのかい?」しばらく沈黙があった後、ジェラードが口を開いた。

「ええ。コーヒーなら飲みたいけど、別にいいわ」

「いやよくない」ジェラードはベルベットの手をひいてキッチンへ連れて行った。「自分でいれてくれるかい」戸棚を開くと、コーヒーのセットが一式入っている。

「気がつかなかったわ。注文しなくちゃいけないと思ったの」ベルベットは準備しながら顔を赤らめた。

「夜中の四時に僕の部屋にいるところを従業員に見られては困ると思ったんだろう」再びウイスキーグラスを満たしながらジェラードは唇を歪めた。

「ええ」ベルベットは視線を落とした。

「このキッチンは新しいんだ。前はここが寝室だったのを覚えてるだろう?」

ベルベットは驚いてふり向いた。「私が覚えているですって?」

彼の唇が薄い一文字になった。「ほかにも忘れていることがあるのかね?」

「私は前にもここへ来たことがあるの?」ベルベットはひどくうろたえ、唇をふるわせていた。

ジェラードが立ち上がって部屋を出て行くのを見てベルベットも後に続いた。コーヒーのことなど忘れてしまい、部屋の中を改めて眺め回す。そしてジェラードの顔に軽蔑の色があるのに気づいた。

「君は帰ったほうがいい。僕もしまいには怒りだす。だからその前に」

しまいには、ですって？　ではこれまでは怒ったことがないとでもいうのだろうか。

「説明したいことがあるの」

「説明？　いったい何を？」彼は叫んだ。「弁護士から指輪をもらったとたんに僕を忘れたことをか？　君にとって僕とのことは遊びだったんだ。どんな女性でも結婚前に一人くらい恋人を作りたいものなんだろう。あの時僕は三十七歳だった。二十歳の女性がそんな年上の僕を真剣に愛するはずがないことになぜ気づかなかったんだろう！」

冗談ではない！　彼はたとえ七十歳になっても、どんな年齢の女性でも十分に魅了できるだろう。その男らしい容姿とたくましい体は、誰が見ても魅力的に違いない——。

「ダニエル……いえ、ジェラード」ベルベットはあわてて言い直し、唇をなめそうになって、それもさっきジェラードを刺激したのを思い出した。彼女は唇をひきしめ、じっと彼を見すえながら言った。「私にとって、あなたの言うことすべてがなぜ不可解なのか、説明したいの」

「妙な話だな。僕にとって君のことは何ひとつ不可解じゃないのに」皮肉な声で彼は答えた。

「聞いてちょうだい！」ベルベットは語気を強めた。たとえ夜明けまでかかってもこの話は聞いてもらわなければならない。

「ではどうぞ」ジェラードは肩をすくめると目を閉じ、ソファに寄りかかった。

こんなに眠たそうな相手に話をして何になるというのだろう。ベルベットはため息をついた。「ジェラード……」

「わかった、わかった」彼は退屈そうな表情で座り直した。

退屈そうでも聞いてくれないよりはましである。そう思ったベルベットは、記憶から抜け落ちている一年のことをぽつりぽつり話し始め、そのうち彼の注意がこちらに集中したと気づくと、一気に話し終えた。

「そういうわけなの。お医者さまの話では記憶がすっかり戻る可能性もあるし、永久に空白のままかもしれないんですって」

ジェラードは無言だった。そのまま数分が過ぎ、ベルベットを見つめる彼の目が冷たさを増していった。そして彼は硬い表情のまま立ち上がった。「都合のいい話だな。だがおとぎ話ならビッキの本にだってのっている。すまないが、僕は少し眠りたいんでね」あからさまな拒絶だった。

「信じてくれないのね」ベルベットは息がつまりそうになった。家族以外にこの話をしたのは彼が初めてなのに、一言も信じてもらえないとは！

「信じると思っていたのか？　まるでメロドラマの筋書きじゃないか」

「でも本当なのよ！」唇がふるえた。

「そうかね。アンソニー・デイルとの結婚は忘れてしまいたいほどの大失敗だったというのか?」

ベルベットは殴られたような衝撃にひるんだが、「アンソニーとの結婚は失敗なんかじゃないわ」きっぱりと言い切った。

「覚えていないんじゃなかったのか?」

「ええ」ベルベットは赤くなった。

「それじゃどうしてうまくいっていたとわかる?」

「兄が……」

「ああ、サイモンだね」

ベルベットは息をのんだ。「兄を知ってるの?」

「いや、君の話で聞いただけだが」

「私が……あなたにサイモンの話をしたの?」

ジェラードはうなずいた。「ジャニス夫人のこともね」

彼がこんなにもいろいろなことを知っているとは。私のほうは彼について何も知らないのに。ベルベットは当惑した。「サイモンは、アンソニーと私は幸福だったって話してくれたわ」

「彼にどうしてそれがわかったんだ?」

「だって……一目瞭然《りょうぜん》だったからでしょう!」

「見かけだけではわかるものじゃない」

「でも私は幸福だったわ……その証拠に、トニーがいるじゃないの」

「そして僕とティナの結婚生活が幸福だった証拠にビッキがいるというわけか。そうでなかったことは君も僕もよく知っているがね」

「そうでなかった？」ティナというのが彼の妻の名なのだろうと考えながらベルベットは問い返した。

「こんな茶番はもうたくさんだ！　君が二年前の状態に戻りたくないことはよくわかった。これ以上芝居するのはやめようじゃないか」

「私はアンソニーを愛していたわ！」涙があふれた。

「妹が兄に抱くような愛情は抱いていたかもしれないさ。だがそれ以上ではない。断じて、君が僕に対して持っていたような愛ではない……いや、持っていたと僕が錯覚したと言うべきか。だがすべて終わりだ。君は僕が愛した女ではない。僕の恋人なら、一週間もの間二人きりで過ごすほど僕を愛していた事実を隠しはしないだろう。二人が完全に一つになり、時の流れさえも僕たちをさくことはできないと思えたあの一週間を。君はあの時の女ではない！」

ベルベットはうめいた。「一週間もの間私はあなたと一緒にいたの？」

「そうだ」ジェラードは吐き捨てるように言った。

なんということだろう。想像以上だった。二人が恋人同士だったといっても、ゆきずりの一夜を過ごしたくらいだと思っていたのに。一週間とは！　それではとうていゆきずりの仲とは言えない。その一週間に何があったのだろう。

「あの……私、何て言ったらいいのか」ベルベットは口ごもった。すっかり頭が混乱している。

「何も言わなくていい。さっきみたいなたわ言はもう繰り返さないでくれ。二人で過ごした時のことを君が忘れたいのなら、忘れたことにしようじゃないか……君も、僕も」

ベルベットはたじろいだ。なんとかして彼に信じてもらいたかった。「ジェラード……」

「おやすみベルベット」彼は冷たくさえぎった。「ビッキを助けてくれてありがとう。だがもう二度と君をわずらわせはしない」

「でも、もしまたビッキが私を必要としたら？」

ジェラードの顔がこわばった。「その時は……その時のことだ」その口調は彼の気持をはっきりと語っていた。

ベルベットはよろめきながら部屋を出ると、自分の部屋へ戻って行った。ジェラードに真実を話したにもかかわらず信じてもらえなかった。この上は、泣きながら眠ること以外に、いったい何ができるというのか……。傷つき混乱しながら、ベルベットは眠りに落ちていった。

4

ベルベットは翌朝十時すぎに目を覚まし、なぜカーリーとポールが起こしに来なかったのかといぶかしんだ。だがその理由はすぐ明らかになった。

「ダニエルズが今朝早く電話してきて、君は朝の四時半まで彼の部屋にいたから、ゆっくり寝かせるようにって言ったんだ」プールサイドで二人に出会うとポールが言った。

ベルベットは赤くなった。「彼はなぜ私がそんな時間までいたか説明した？」

「いや、僕も別にきかなかったし」からかうような口調でポールが答えた。

「ビッキに会いに行ったのよ」ベルベットは必死に弁解した。ジェラードはわざとこんなことをしたに違いない！

「うん、そうだろうね」ポールがうなずいた。

「本当なのよ！」

「うんって言ったろう？」ポールは笑っている。

「でもあなたの言い方が……」

カーリーがくすくす笑った。「ベルベット、あんまり上手な言い訳じゃないわね。そんな時間には子供は寝てるはずでしょ」

「目を覚まして私に来てほしがったの。私を……好きになったらしいのよ」

「父親と同じようにね。わかったわかった、興奮しなくていいんだよ。つまりダニエルズと君は手も握らなかったってわけだ」

ベルベットは昨夜のジェラードとのことを思い出してまた顔を赤らめた。ポールがその様子をじっと見つめている。「君の顔を見てると、それ以上のことがあったようにも思えるな」

「ポール……」

「また彼女を困らせるようなことを言って。さあ、ベルベットが頭を冷やす間私たちは泳ぎに行きましょうよ」カーリーが口をはさんだ。

「私は部屋へ戻るわ。今日は仕事はしないの？」

「うん。もう大体終わりだしね」

「じゃもうすぐ帰れるってわけ？」

ポールはうなずいた。「二日後の飛行機を予約したよ」

「よかった！」ベルベットは素直に喜びを表した。

「トニーが恋しい？」カーリーがやさしく言った。

「ええとっても。さあ私は朝食を食べに行くわ」

「この次は朝食を用意するようにダニエルズに言っとくよ。それが普通だものな」ポールがからかった。

次の瞬間ポールはベルベットにプールへつき落とされていた。しずくをたらした彼の姿を見て、ベルベットは満足そうな笑い声をあげた。

「いいきみだわ！」カーリーも笑いながら、彼のそばへ飛び込んだ。

朝食を取りながら思い出し笑いをしているベルベットのところへ、グレッグがやってきた。

「まだ五体満足のようだね？」彼は苦笑しながら言った。

「おかげさまで。あなたは？」

「しっぽを少しかみ切られたけど、一応無事だよ」

「ごめんなさい」ベルベットのほほ笑みが消えた。

「あなたのせいじゃない」グレッグは彼女の手に触れた。

だがジェラードがベルベットに会いに来なければ、グレッグが出くわすこともなかったのだ。「あの苦情は処理したの？」

「苦情処理に来ないって苦情がきてからね」

「まあ！」ベルベットはふきだしたが、その笑いはジェラードとビッキが食堂の入口に立っているのを見てこわばってしまった。ベルベットは小声できいた。「グレッグ、あなた今勤務中なの?」

「そうだよ。でもなぜ?……なんてことだ!」ジェラードに気づいて彼はうめき、両手で顔を隠した。

「すぐに立って出て行けば何も言わないかもしれないわ。だってお客に親切にするのは当然ですもの」

「あなたにだけはだめらしいけど。よし、行くとしよう」彼は静かに立ち上がり、ジェラードに丁重に会釈すると出て行った。ジェラードはそっけなくうなずいただけである。それを見てベルベットはほっと胸をなでおろした。

「パパ、頼んでみてもいい?」ビッキのはずんだ声が聞こえている。

「ビッキ、さっき言っただろう……」

「パパ、お願い!」

「わかった。だが無理を言ってはいけないぞ」

ビッキがベルベットのテーブルの所へ飛んできた。ショーツとシャツのカジュアルな装いで、元気いっぱいの表情には昨晩の苦悩の痕跡《こんせき》は全くない。

「こんにちは」ベルベットはほほ笑みながら言った。

「こんにちは」答えたビッキは恥ずかしそうな顔になった。

「ここに座らない?」言いながらベルベットはジェラードの存在を強く意識していた。気配を背筋に感じてふり向くと、ビッキの後ろから青い瞳がこちらを見下ろしている。クリーム色のシャツと茶のズボンが体の線をくっきりと見せている。娘がベルベットと話しているのを快く思っていないことが、彼の態度にはっきりと出ていて、ベルベットは憤りを覚えた。いったい何様だと思っているんだろう?

「パパと私は部屋で朝食を済ませたの」

「そう。じゃジュースでもどう?」

「ええ、いただくわ」ビッキはにっこり笑った。

ベルベットは冷ややかにジェラードを見上げ、「あなたもいかが?」なにげない口調でたずねた。

「いや、僕はけっこうだ」彼の唇が皮肉に歪《ゆが》んだ。

「パパも座って! まだあのことベルベットにきいてないし、ジュースも飲まなくちゃならないもの」

ジェラードがしぶしぶ腰を下ろそうとするその拍子に、彼の脚が、黄色のシャツとショーツの上下を着たベルベットの脚に触れた。素肌にひりひりした感覚を覚え、彼女はこんな軽装でいなければよかったと後悔した。ベルベットは彼を無視してビッキの方へ顔を向けた。「何がききたいの?」

「私……あの……パパ！」ビッキは父親の助けを求めるように、視線を送った。

「君が言いだしたことだろう、ビッキ」

「ええ、でもお願い、パパ！」このビッキの口調にはジェラードも抵抗しきれなくなったらしい。

「わかった。ビッキと僕は今日の午後オーランドのディズニーランドへ行くんだが……」

「ええ」

「あなたに一緒に来てほしいの！」ビッキが熱心に口を添えた。

「いえ、私は……」

「お願い！　三人で行けばきっと楽しいわ！」

ベルベットは助けを求めるようにジェラードを見たが、彼は加担したくないという様子である。後で娘に責められてはかなわないと思っているのだろう。だがその目はベルベットに、断れと言っているようだ。彼女は憤りを感じた。

「悪いけど一緒に行けないわ、ビッキ」そう言った瞬間少女の顔に落胆の色が浮かんだのを見て、ベルベットは心を痛めた。「仕事があるのよ……」

「でもそのお仕事はパパが頼んだんでしょ」ビッキは唇をふるわせ、涙をこらえている。

「パパ、ベルベットをお休みさせてあげるでしょ？」

「でもベルベットは行きたくないんだよ……」

「そうじゃないわ」ベルベットは鋭くさえぎり、ビッキの方へ向き直ると、やさしく言った。「わかってちょうだい、ビッキ。私は仕事をしにここへ来たの。今日お休みしたら、あさっての飛行機に間に合わなくなってしまうわ。それに家では坊やが待っているから、遅くなったらかわいそうでしょ」

ビッキはわっと泣きだし、音をたてて椅子から立ち上がると、食堂の外へ飛び出して行った。

ベルベットも立ち上がった。「ビッキ……」

「いいんだ、ほっておいてくれ」後を追おうとしたベルベットをジェラードが止めた。

「部屋へ戻るだけだろうから」そっけない口調である。

ベルベットは彼をにらみつけた。「ほっておくなんてとてもできないわ。行かせてちょうだい」

「それでどうするつもりなんだい？」

「それは、あの……」

「一緒にディズニーランドへ行くって言うつもりかい？」

「それは無理だわ」

「じゃほっておいてくれ」

「行けない理由はご存じでしょ」少女を落胆させたことに責任を感じていたベルベットは、

懸命に言い訳した。「仕事を終えてしまわなくちゃ……」

「ポールは君の分は終わりだと言っていた。残りはロンドンのスタジオでも撮れるからと」

「彼に頼んだの？」ベルベットは驚いて言った。

「たまたま話に出たんだ」

「そうでしょうとも！　それからついでに、あなたと私が一緒に一夜を過ごした話も出たんじゃなくて？」

「そうかね？」彼の唇が笑いで歪んだ。

「そうにきまってるわ！　カーリーもポールも、ゆうべあなたと私との間に何かあったと思ってるのよ！」

その瞬間、心を閉ざしたように、彼の瞳に冷たさが加わった。「それは彼らの思い違いだ」

「もちろんだわ――」

「それじゃくだらない話はやめるんだな！」彼は立ち上がった。「僕はビッキのところへ行く」

ベルベットはその腕をつかんだ。「あの……私の仕事が終わりだというのは本当なの？」

「そうだ」

ベルベットは深く息を吸い込むと、急いで言った。「じゃ、私もディズニーランドに行くわ」

「早く家に帰ったらどうだ？」険悪な表情である。

もちろんそうしたいのは山々である。だが今はトニーよりもビッキのほうが気になっている。

「ビッキは大丈夫だ」ジェラードの声は冷たい。

「そうかしら？　ビッキにはつらい事が多すぎたわ。お母さまの死、ミス・ロジャーズの事故、それに今は私にも断られたと思っているでしょうし」

「ビッキが君に執着するようになったらどうする？」

「それはどうにか解決できると思うわ……もしそうなったとしても」

ジェラードはため息をついた。「ビッキは君が好きだ。遠からず君に愛情を抱くようになるだろう。もしそうなったら……」

「そうはならないわ」

「いや、なる。そうしたら面倒なことになる」

「あなたは大げさに考えすぎてるわ」

「そう思うかい？」彼の反応は冷たかった。「今にわかるさ。よし、デイルさん、荷作りをして僕たちと一緒に来るがいい。だがどんなことになっても、僕は知らないぞ」

「わかったわ。でも、荷作りをする必要があるの？」

「そうだ」

「つまり……泊まることになるわけ？」

「そうなるだろう」

「まあ。それは知らなかったわ」彼女はうめいた。

「オーランドまでは四時間ほどかかる。午後出発して、今晩は向こうにある僕のホテルに一泊。明日一日ビッキをディズニーランドで遊ばせるつもりだ。そして夜こちらへ戻る。気が変わったかい？」

「いいえ、けっこうよ」ベルベットはきっとなった。

「オーケー。決めたのは君自身だということを忘れないでくれ」

「もちろんよ」

ベルベットが一緒に行くことを告げられた時のビッキの表情を見て、彼女は自分の決心が正しかったと確信した。だがポールとカーリーはビッキのために行くのだということを納得してくれるだろうか。ベルベットは二人に説明するのは諦《あきら》め、部屋へ戻って支度をすることにした。

ジェラードのフェラーリの後部座席で、ビッキは大はしゃぎでベルベットを待ち構えていた。

「君は僕と前に座ってくれ」ジェラードが言った。

「でも……」

「前だ!」彼はベルベットの鞄を積み込むために車の後ろへ回った。そのすきにベルベットは後ろの席に滑り込み、してやったりとばかりビッキとほほ笑み合った。

戻ってそれを見たジェラードは険悪な表情になった。「降りてくれ! 僕が前と言ったら前に座るんだ」冷たい声で命じる。

ベルベットにはなぜジェラードがそんなつまらないことにこだわるのかわからなかったが、しぶしぶ前の座席へ移ることにした。ビッキと一緒のほうがどんなに居心地がよいかしれないのに。ジェラードはベルベットを〝居心地よく〟させたくないのだろうか。

「君は被害妄想になってるんじゃないかい?」車を出しながらジェラードが乾いた口調で言った。

ベルベットは目をしばたたいた。「あの……」

「図星だろう?」からかいの口調になった。

「そんなこと……もちろん違うわ」

「うそつき。どう、前の席のほうがゆったりしてるだろう?」

「ええ、でも……」

「パパはいつでも正しいのよ」ビッキが身を乗り出して口をはさんだ。

「いつもとは限らないさ」ジェラードがほほ笑んだ。

「でもそうだもの」ビッキは無邪気に言い張った。

「でもベルベットが今日一日一緒に来てくれるかどうかは当たらなかったじゃないか」

「そうね。でも来てくれてうれしいわ」とビッキ。

「僕もだ」ジェラードは柔らかく言った。

「あなたも?」ベルベットは彼を見つめ、その表情に皮肉の色を探した。

「もちろん。ビッキの面倒を見てもらえるからね」

「そのつもりよ。だから後ろに座ろうとしたんだわ」

「僕から離れるためではなくて?」

「もちろんよ。どうしてそんな必要があって?」

「本当になぜだろうね?」彼は肩をすくめてみせた。

「パパが好きじゃないの?」ビッキがたずねた。

「そんな質問をするんじゃない。失礼だよ」ジェラードは娘を厳しくたしなめた。

「どうして?」

「ただそうだからだ」

「でもどうしてそうなの?」ビッキはくいさがった。

ジェラードはため息をついた。「いつも言ってるだろう、ビッキ。質問の答えにまた質問をするんじゃない」

「はい、ごめんなさい。ただベルベットがパパのこと好きかどうか知りたかっただけなの」

「だからそんな質問をしちゃいけないと言ったろう」

「かまわないわ」ベルベットがさえぎった。「私はあなたのパパが好きよ」それは本当だった。ただ彼が過去について彼女の言うことを信じてくれないのは不本意だったが。

「パパもあなたが好きよ。私にはわかるの」

「本当かね、お嬢さま?」笑いを含んだ声である。

「本当よ。だってパパ、怖い顔をしなくなったもの」

それはベルベットの気づいていないことだった。ジェラードが笑っているところを見ると、彼自身も気づいていなかったらしい。

「ビッキ、もう質問はやめるんだ」

少女はふくれっ面をした。「でもベルベットの坊やのことも知りたいわ」

ジェラードの表情が硬くなった。「ベルベットはきっと話したくないだろう」彼が話させたくないのは明らかである。ベルベットは唐突に口を開いた。

「私はビッキに話すわ、ダニエルズさん。あなたはどうぞ運転に集中してくださいな」

「僕は運転しながらでもしゃべれる。それから君は昨夜僕をジェラードと呼んだはずだが」

「あなたは今朝私をデイルさんと呼んだわ」

「そうだった」ため息がもれた。「よし、この旅行の間、ジェラードとベルベットで通そう」

「私はけっこうよ」それからベルベットはビッキの方をふり向き、声を和らげだ。「トニーのどんなことを知りたいの?」

「それが坊やの名前なの?」ビッキは目を輝かした。

「そうよ」ベルベットはほほ笑んだ。

「今いくつ?」

「一歳とちょっとよ」

「かわいいでしょうね。あなたに似てる?」

ジェラードが聞き耳をたてている。ベルベットは無視しようと努めた。「ええ、とっても。髪は金色の巻き毛、目は茶色ですごく大きいの」

「父親には似ていないのかね」とジェラード。

「真面目なところが似ているわ」

「たいした形見とは言えないな」

「彼は愛情も残したわ。父親がどんなに素晴らしい人だったか、トニーにはちゃんと教えるつもりよ」

「トニーのパパはいなくなっちゃったの？」とまどったような声でビッキがたずねた。

「……死んだのよ、ビッキ」ベルベットはしぶしぶ答えた。かわいそうに、ビッキはパパやママは皆死ぬものだと思うだろう。

「そう。じゃ、トニーにはパパがいないのね」少女は考え深げに答えたかと思うと、突然たずねた。「ねえベルベット、アイ・スパイをして遊ばない？」

ジェラードの唇がほころんだのを見て、ベルベットは努めてやさしく言った。「みんなでしましょうよ」

「でもパパは上手すぎていつも勝つんですもの」

「じゃあなたと私が組んで、パパと対抗すればいいわ。それでちょうどいいでしょう？」

「そうだな」ジェラードが楽しげにうなずいた。「だけどいんちきはなしだよ、ビッキ」

ベルベットは笑った。「そんなことしたの？」

「ええ」ビッキもくすくす笑っている。「パパはそれで何時間も考えこんだのよ」

三人はそれからしばらくアイ・スパイに興じ、ビッキとベルベットの組はわずかの差でジェラードに勝った。ビッキは有頂天になって喜んでいる。だがジェラードがわざと負けたのだと考えたベルベットはそっと彼に言った。「やさしいのね」

「僕は時々やさしくなるんだ」彼も小さな声で答えた。「だが僕は自分以外の者が勝つことはめったに許さない」

これは警告なのだろうか。彼の表情はなごやかなままである。いずれにしろ、繊細なビッキの前で論争はしたくない。ベルベットは話題を変えようと口を開いた。「夕食はオーランドに着いてから？　それともそろそろなの？」

「今がいいわパパ。今食べましょうよ！」

「ハンバーガーとフライド・ポテトだろう？」

「ええそうよ」ビッキは満足げに答えた。

「ビッキはアメリカにいる時はハンバーガーで生きてるんだ」ジェラードがベルベットに説明した。

「アメリカにはよく来るの？」

「ここのところはなるべく来ないようにしている。だが来たくない理由はもうなくなったようだが」

ベルベットは真っ赤になった。彼の言葉の意味は明らかだった。ベルベットは食欲がなかったが、ジェラードとビッキはデザートまできれいに平らげた。

オーランドまではまっすぐな一本道で、ドライブそのものは退屈だった。白い道が何キロも、何時間も、単調に続くだけである。途中でビッキが眠ってしまったのも無理はなかった。

「ビッキは昨夜あれから眠ったの?」

「眠ったよ。だが起きるとすぐに君に会いたがったけどね。全く理解に苦しむよ。ビッキはふだん他人にはなつかないんだが」

他人と言われたことで、ベルベットは疎外されたような気分になった。おかしな話だ。他人に違いないのだから。

「私もビッキが好きよ」彼女はかすれた声で言った。

「あまり好きになりすぎないでくれ。君が行った後にヒステリーの子供を残されては困るからな」

ベルベットは唇をかんだ。「あなたにたずねたいことがあるの」

「何を?」あまり愉快そうな返事ではなかった。

「あなたの奥さまは……」ベルベットは口ごもった。「あなたは結婚していたの?　つまり、私たちが……」

「もしそうだったら、どうだというんだい?」

「ああ……そんなことが!」彼女はうめいた。「結婚している人とつきあったなんて信じられないわ」

「僕が隠していたかもしれないだろう」

「本当?　それで私たちはそうなったの?」

「僕たちがそうなったのは、君が僕を望み、僕が君を望んだから、それだけさ」

「でも私たちは愛し合っていたんでしょう！」

「その時はそう思っていた。だが今思うと、あれはただの欲望だった。よくあることじゃないか」

「欲望は何年も続きはしないわ。今度私に出会った時、あなたは……まだ私を愛していたわ」

「そうだったかね？」

「わかっているんでしょう！」

「そうかもしれない。だが今はもう違う」

ベルベットはうつむいた。「なぜ私たちは決裂したの？」

ジェラードの顔に怒りが浮かんだ。「君はこんなゲームが面白いのか。僕のほうは胸が悪くなりそうだ。決裂したんじゃないことくらい百も承知だろう。僕は父が死んで仕事を継がねばならなかったし、その後ティナが不治の病におかされていることがわかった。事態に収拾がついた頃には君はデイル夫人だった」

ベルベットは蒼白《そうはく》になっていた。「そうだったの」

「知ってるじゃないか」

「でもあなたが結婚していたのなら……」

「違う！　君に会うずっと前から、ティナと僕は別居していた。実際は結婚とはほど遠い状態だった」

ベルベットの安堵《あんど》は大きかった。彼は妻と一緒に暮らしてはいなかったのだ！　それなら彼との関係に、それほど罪悪感を感じなくてすむ。

「安心したようだな。君があの時婚約していたことは忘れたのかね？」

もちろん覚えているはずがない！　彼はわかっていて言ったのだ。明らかに皮肉である。ベルベットは混乱し、再び罪悪感のとりこになった。

そのときビッキが目を覚ました。「パパ、もうすぐ？」

「もうすぐだよ」ジェラードの声が和らいだ。

「ああ、早くまたディズニーランドに行きたいわ！」

「今まで何度行ったの？」ベルベットがきいた。

「二回よ。でもずっと前、まだ赤ちゃんの時なの」

「五歳は赤ちゃんとは言えないだろう」

「そうね……トニーは赤ちゃんだけど」眠ってもトニーのことは忘れなかったようだ。

「ベルベット、トニーに会わせてくれる？」

「ええ……そうね……」

「トニーはイギリスにいるんだよ、ビッキ」ジェラードが代わりに返事をした。

「知ってるわ。イギリスに帰った時会える？」

ベルベットは何と答えればよいかわからなかった。ビッキとトニーが会っていけない理由はない。だが二人が会うということは、すなわちジェラードとベルベットが会うことだ。帰国してまで彼と会いたくはない。彼はベルベットの生活をかき乱してしまう。過去も、そしておそらくは未来も。彼に会うまでは、アンソニーへの愛を信じて平穏に暮らしていたのに、今やそれもあやふやになってしまっている。ベルベットの小さな世界は、急激に崩れ去ろうとしていた。

ジェラードに再び会いたくない理由はもう一つあった。ベルベットは恐れていたのだ、彼に惹《ひ》かれ始めていることを。昨夜彼に口づけされ、触れられた時、彼女はそれをひそかに喜んでいた。今でさえ、ベルベットの体は彼の手や唇の記憶にうずいている。彼によってひき起こされた感情にベルベットはおびえていた。もう一度キスされたら、抵抗する自信はない。

「ベルベット？」ビッキが心配そうに促した。

「そうね……」彼女はジェラードを見たが、助けは得られそうになかった。「いいわ。トニーもきっとあなたに会いたがるわ」

「ほんと、うれしいわ！」

ベルベットの気持は和らいだ。かまわないではないか。イギリスへ帰る頃にはビッキは忘れているに違いない。

「娘は決して忘れないよ」ジェラードが見透かしたように柔らかく言った。

「あなたに似てるのね」ベルベットは憤然と言った。

「誰もが都合よく記憶を失うわけではないさ」

ベルベットは青ざめた。「私が夫の記憶を失って喜んでいるとでも思うの？」

「そう僕に思いこませるのを楽しんでるんじゃないかと思ってね」

「なぜそんなことを？」

「そうすれば僕とのことも忘れていると僕に思いこませることができるからね。何度僕は君とのことを夢に見て、冷や汗をかいて目覚めたことか……」

「ジェラードやめて。ビッキが変に思うわ！」

「娘はばかじゃないよ、ベルベット。僕たちの間に何かあったことくらいとっくに気づいているさ」

「まさか！」

「本当だ。なぜ娘が僕と君とを一緒にいさせたがると思う？　僕自身は、君同様少しもうれしくないがね」

彼の軽蔑《けいべつ》するような口調に腹を立てたベルベットは、残りの道中ビッキとしか口をきかなかった。ジェラードのほうは自然に二人としゃべり、ベルベットが返事をしないのも気にかけていない様子である。

ホテルに着き、ビッキが先に駆けていくのを見ながらジェラードが言った。「君がすねてるのを忘れてたよ」

「すねてなんていませんか!」

「いるとも」鞄を運びながら彼はにやりとした。「前に君がすねた時のことを思い出すよ。それから僕がどうやってそれを直したかもね」

彼の意味ありげな口元や目つきを見れば、どうやって直したかは容易に想像がつく。

「どうしてそんな話ばかりしたがるのかしら!」ベルベットは駆けだして、フロントの所でビッキに追いついた。

「ダニエルズさん!」支配人が現れ、ジェラードに手をさし出した。「またお目にかかれてうれしく存じます。今度は奥さまとお嬢さまもご一緒なんですね」彼はベルベットを見て微笑した。

「私はダニエルズ夫人ではありませんわ」

「あ、それは失礼。お目にかかれてうれしく存じます」微笑がさらに広がった。

支配人はベルベットをジェラードの愛人と思っているようだ。ベルベットは誤解を解きたいと思い、助けを求めるようにジェラードの方を見た。

それに皮肉な微笑で応《こた》えながらジェラードが言った。「デイルさんは娘の友人なんだ」

「でもパパもベルベットが好きなのよ」ビッキがベルベットを見上げながら無邪気に言った。

「子供の言うことだから……」ベルベットにだけ聞こえるようにささやくと、ジェラード
は支配人の方を向いた。「長旅で疲れているから失礼したいが」

「もちろんですとも。すべて整えてございますが、何かご入り用なものがあれば……」

「何かあれば後で頼むよ」

「誰かに荷物を運ばせましょう」

「いや、けっこうだ」エレベーターに乗ると彼はビッキに言った。「ビッキはもう寝る時
間だ」

ビッキは不満そうである。「でもまだ早いわ。これからみんなで……」

「もう何もしない。温かいミルクを飲んでお風呂に入ったらベッドへ行きなさい」

「ベルベットにお風呂に入れてもらってもいい？」

ジェラードが眉をあげた。「ベルベットは何と言うかな？」

「ええ、喜んで」

「オーケー。だがびしょ濡《ぬ》れになっても知らないぞ。このお嬢さんはお風呂の中で遊ぶの
が好きだからね。僕の知ってるもう一人のお嬢さんと同じで」ジェラードは小さな声でつ
け加えた。

ビッキが彼を見上げた。「何か言った、パパ?」

「なんでもないさ」ジェラードは鍵《かぎ》を開けようと、バッグを下に置き、ビッキの頭をなでた。

ベルベットは頬がかっと熱くなるのを覚えた。もう一人のお嬢さんというのは自分のことに違いない。お風呂の中で遊ぶ——彼と一緒に? なんということだろう!

ベルベットは自分のバッグを持ち上げた。「私の部屋を教えてくださる?」

ジェラードはドアを押して開け、中へ入った。「こっちへどうぞ、デイルさん。教えてあげるから」

ベルベットは目を見張った。「でも……あなたと同じ部屋には泊まれないわ」

「なぜだい? ここはスイートで、寝室が四部屋もあるんだよ」からかうような響きが混じっている。

「でも」ベルベットはバッグの取っ手を固く握りしめた。「私は一人の部屋のほうがいいわ」

「その話は後にして、中に入ってくれ」ビッキが聞いているのに気づいて、ジェラードが促した。

ベルベットはしぶしぶ中に入った。いくらスイートでも、同じ部屋に泊まるわけにはいかなかった。

ジェラードの言ったとおり、ビッキをお風呂に入れたベルベットはびしょ濡れになったが、それでも大いに楽しんだ。服を脱いだビッキは哀れなくらいやせっぽちだが、ばら色の頬がいかにも健康そうに見える。

小さいトニーに慣れているベルベットにとってはビッキぐらいの子供をお風呂に入れるのは奇妙な感じがした。だがピンクのねまきを着たビッキのつややかな頬と輝く髪は、天使のように愛らしい。

ビッキはラウンジに来て温かいミルクを飲み、父親に寝るように言われると素直に従った。本人は認めようとしないが、やはり疲れているのだろう。

「二人で私をベッドに連れて行ってくれる?」ビッキが恥ずかしそうに頼んだ。

ベルベットを見やったジェラードは、彼女がうなずくのを見て言った。「いいよ、今日だけだからね」

二人に両側から手を取られて、ビッキは幸福そうに寝室へ行き、ベッドにもぐり込んだ。

「ね、二人で私に毛布をかけて!」ビッキはいたずらっぽく笑っている。

「ビッキ……」

「お願い、パパ!　今日だけだから!」

ジェラードは肩をすくめ、やさしくうなずいた。

「よかった。じゃパパはここに座って。ベルベットはこっちよ」ビッキはベッドの両側を指し示した。「さあ、二人とも私におやすみのキスをして」

「今日はばかに注文が多いんだな」

「パパ！」

「ずいぶんいばってるじゃないか、お嬢さん」そう言いながらジェラードはビッキの額にキスをした。

「そうよ。だってパパとベルベットがいてくれるのはすてきなんですもの。まるで……」

「ビッキ、やめなさい。いい子にするんだ！」

「でも私、ただパパとママがいるみたいって言おうとしただけよ」ビッキの腕がベルベットの首にからみついた。「私、思うんだけど……」

「ビッキが何か思うとろくなことはない」ジェラードが厳しい声でさえぎった。

ビッキは訴えるような目でベルベットを見つめている。「あのね。トニーにはパパがいなくて、私にはママがいないでしょ。だから……」

「ビッキ、やめるんだ！」ジェラードが声をあげた。

ビッキはそれにさからうように、ベルベットの首にからめた手に力をこめた。「私のママになってくれる、ベルベット？」少女は恥ずかしげにそう問いかけていた。

5

どうすればいいのだろう。何と答えればいいのだろう。あまりにも予期せぬ問いに、ベルベットは言葉を失っていた。ビッキから見ればごく自然で、筋の通った頼みなのかもしれない。それだけにベルベットは答えを見失っていた。

「さあもう寝なさい、ビッキ」ジェラードが早口に言った。

「でもまだベルベットに答えてもらってないもの」

「答えはなしだよ。そういう質問をしてはいけないと今日言っただろう。さあおやすみ」ジェラードは明かりをナイトランプに切りかえた。「明日はたくさんすることがあるからね」そう言うと彼はベルベットの手を取り、ドアの外へ導いた。

「おやすみ、パパ」ビッキはあくびをした。「ベルベット、怒ってないでしょ？」

「もちろん怒ってなんかいないわ」

「よかった。あなたのことがとっても好きなんだもの」

「畜生！」寝室のドアを閉め、ラウンジへ行ったとたんにジェラードはうめいた。

ベルベットは髪をかき上げた。「あなたがそんなこと言うの初めて聞いたわ」

「こうなることは君に警告したはずだ。僕は……」

「そのとおりね！　〝言ったじゃないか！〟ってせりふ、いかにもあなたらしいわ」

「僕のことを知らなくて、どうしてそれがわかる？」

「それは……」

「君がどんなに僕をよく知っているか教えてやろう」彼の指がベルベットの肩にくいこんだ。「君の一言で、僕はいつも君をこの腕に抱きしめたものだ」

「ジェラード……」

「そうだ、その一言だ」唇が荒々しく重ねられた。

ベルベットはジェラードのキスを恐れていた。唇が触れただけで体が熱くなる。彼女の指は、思わず知らずジェラードの濃い髪にうずめられていた。

唇が唇を探り合い、ジェラードの熱い指がベルベットの背をなぞっていく。ベルベットの体は抱き上げられ、ソファに横たえられた。

「君は、本当に望んでいるのかい、ベルベット？」かすかに声が耳元で聞こえた。

「ええ、望んでいるわ」ベルベットは彼の首に腕をからませた。

この男性のぬくもりを、どんなに長い間拒んできたことだろう。ジェラードの体温に理性を奪われそうだ。ベルベットは彼の体にぴったりと寄りそった。

「僕がどれほど君を望んでいるかわかるか?」ため息と共に、彼の手がベルベットの唇をなぞっていく。「ああ、ベルベット!」再びむさぼるようなキスが唇をおおった。

二度とあってはならないことだと思っていたのに!　でもかまうものか。ジェラードの指を唇を感じている限り、ほかのことはどうでもよかった。イギリスで待っているトニーのことさえも、今は頭から消え去っていた。

ジェラードの手がTシャツを取り去り、ブラジャーをはずそうとしても、ベルベットは抵抗しなかった。彼の唇を素肌に感じると、電撃が体を走り抜け、吐息がもれた。

私はこの抱擁をよく知っている!　直感がまたもやベルベットを襲った。彼女の手は本能的にジェラードのシャツのボタンをはずし、彼の背に爪跡をつけた。彼のリードにベルベットは素直に従った。ジェラードも彼女の助けでシャツを脱ぎ捨て、二人の抱擁はより密接になり、情熱はいやましてゆく。

その時突然ノックが聞こえ、二人は体をこわばらせた。ジェラードはしぶしぶ体を離した。

「なんてことだ!」

「いったい誰?」ベルベットは小声できいた。

「夕食だ」いまいましげな声と共に彼は立ち上がり、シャツをはおった。

「夕食……?」

「うん。君がビッキを入浴させている時に頼んだんだ。頼むんじゃなかった」

ベルベットも急いで服に手をのばした。ノックはまだ続いている。「知らなかったわ」我に返ったベルベットは困惑してはいたが、恥ずかしさは感じなかった。恥ずかしく思う必要などないのだ。カーリーが言ったように、大人の女として望むことをしただけなのだから。

「後でね、ベルベット」彼女の表情を読み取ったのかジェラードが言った。「僕だって残念なんだ」彼の指がベルベットの唇にやさしく触れた。「後で」約束するように、彼は繰り返した。

ベルベットはTシャツを身につけた。「さあ、もうみっともなくないわ」

「君はどんな時だってみっともなくなんかないさ。特に裸の時は、息をのむほど美しい」

「ノックが……」ベルベットは真っ赤になりながら促した。彼の言葉は、記憶の失われている間の二人の関係を暗示しているようだ。その時の二人はどんなに幸福だったろう。思い出せさえしたら――。

違う！　私が愛していたのはアンソニーのはずだ。十九の時から愛していたはずの夫のことを思って、ベルベットは青ざめた。

「どうしたんだ、ベルベット？」

ベルベットは眉をひそめ、困惑した顔で彼を見上げた。

「どうして……ああ、畜生!」ノックがまた聞こえ、彼は憤然としてドアの方へ歩み寄った。

ウエイターが食卓を整えている間に、ベルベットは落ち着きを取り戻すことができた。夫や息子を忘れてジェラードとの愛を遂げようとしてはいけない身だったのだ。アンソニーの思い出と息子への愛情を、そんな形で裏切るわけにはいかない。

「もうだめなんだね」ウエイターが去ると、ジェラードが口を開いた。

「もうだめって、何が?」

「もう……冷めてしまったんだろう」

ベルベットは唇をかんだ。「私……」

「説明しなくていい。料理を食べなさい」乾いた声だった。

「ジェラード……。おなかがすいてないの」

「食事をしたのはもう四時間も前だぞ。それに君はほとんど何も口にしなかった。さあ食べるんだ」彼はまるで八つ当たりするようにステーキを切り始めた。

ナイフとフォークを取り上げたものの、ステーキを口に入れるのはとうてい無理だった。

「だめだわ!」叫びと共にベルベットは立ち上がり、自分の荷物の置いてある部屋へ駆け込むと、閉めたドアにもたれかかった。

ドアが突然開けられた。後ろからジェラードが抱きかかえなければ、彼女は倒れてしまったろう。

「無理強いするつもりはないんだよ」髪に押し当てられた唇からささやきがもれる。

「え、ええ。それはわかっているけど」

「さあ戻って食事をしよう」ジェラードはベルベットを自分の方へ向かせ、やさしく言った。「そして音楽でも聴いてリラックスしよう」

「でも……」

「君が必要なんだ、ベルベット」

ベルベットは息が止まるかと思うほど驚いた。「あなたが……私を必要なの？」

「僕は昨夜ほとんど眠らないで、今日は四時間以上運転をした。今は誰かリラックスできる人と一緒にいたいんだ」

「それであなたは、私と一緒にいてリラックスできるの？」ベルベットには考えられないことだった。

「一人になりたくないんだ。そばに……いてほしい」

「わかったわ。でも本当に食欲がないのよ」

「それじゃワインだけでも飲むといい。リラックスできるよ」

ワインはおいしかった。泡の立つ白ワインで、シャンペンに似ている。ジェラードも料理を全部は食べなかったが、ウエイターに下げさせる時、ワインは残すように命じた。

「さあ、音楽だ」ウエイターが行ってしまうと、ジェラードはステレオに歩み寄った。「何がいい？」

「ジョニー・マティスはどう？」

「うん、何枚かあると思う」彼はラックから一枚を取り出した。「君はロッド・スチュアートが好きだったように思うが」

ベルベットがほほ笑んだ。「いまも好きよ」

「でもベットの中で聴く音楽じゃないな。一度『私をセクシーだと思うなら』を聴きながら君を抱いたら、二人とも笑いが止まらなくなったんだ」

「ありそうなことね」ジェラードが昔のことを明かしても、もうベルベットはそれほど困惑しなくなっていた。ワインのせいもあるのだろう。

ジョニー・マティスがかけられた。「このほうがずっとロマンティックだね」

その口調にベルベットは狼狽《ろうばい》した。「私、そろそろ休みたいわ。あの、まだ別の部屋をとってもらってないわね……」

「別の部屋など必要ない。部屋はここに多すぎるほどある。無理強いはしないと言っただろう、ベルベット、僕はそんなやり方は決してしないよ」

「どうしても必要だと思ったわけじゃないけど……」

「昔僕が君に愛を強要したのかどうか疑っているのなら、答えはノーだ」ジェラードはなじるように言った。「僕たちはある日偶然海岸で出会い、恋に落ちた。それから一週間、二人は夜も昼も、片時も離れなかった」

「その時私はフロリダで何をしていたの？」

「今度と同じさ、仕事だよ。その時も、僕の会社の仕事だった」

「だから一週間も休暇をとることができたわけね」

「そうだ」ぴしゃりと言うと、ジェラードはベルベットの方へ歩み寄った。「ボスと寝ることによって何かを期待した――そういうことだったのか、ベルベット？」

ベルベットは蒼白《そうはく》になって立ち上がった。「私、もう部屋へ行くわ。ダニエルズさん、私があなたに何かお願いしたことが一度でもあって？」

「いや。頼んだのは僕のほうだ。結婚してくれと」

「そして私はアンソニーと結婚したわ。それで十分でしょう、ダニエルズさん。なぜ私がアンソニーと結婚したのか、よく考えてみたら？」

「彼を愛していたからだろう！」

「そのとおりよ。だからあなたと何があったにせよ、それはつかの間の間奏曲にすぎないし、できれば忘れてしまいたい出来事だわ」

「君はもう忘れていると言ったはずだが」

「ええ、私はね。でもあなたが忘れていないわ」

「僕は忘れるつもりはない。これからも、女性は裏切るものだということを、肝に銘じておくよ」

ベルベットは寝室へ引き取った。二人の間の休戦は終わってしまったが、ビッキのために、何も摩擦などなかったようにふるまわなければならない。

一つ壁を隔てた向こうにいるジェラードを強く意識せずにはいられず、とても眠れそうになかった。彼が寝室へ入って来るのではないかと心配したわけではない。無理強いはしないと彼は言ったし、その言葉は信頼できた。

二年前のことが少しずつわかりかけてきている。彼女はとてもジェラードを愛していたようだし、彼もそれに深い愛で応《こた》えたようだ。ジェラードは妻と別居していて、ベルベットはアンソニーと婚約中だったという。そんなふうにアンソニーを裏切ったのは、よほどジェラードを愛していたからに違いない。ジェラードによれば、彼との結婚に同意さえしたというのだ――だが、それは彼のほうの事情で実現しなかった、ともジェラードは言っていた。

ベルベット自身は、以前自分がフロリダに来たことがあるのさえ知らなかった。だがサイモンなら知っているに違いない。もしかするとジェラードのことも！　彼女が空白の十一カ月についてきいた時、サイモンは何も言わなかったが――。ぜひきいてみなければならない。家に帰って兄に会うまで、はやる心を抑えつけておけそうにもないような気がする。家――。明日イギリスに戻り、トニーと二人でアパートに帰れば、ジェラード・ダニエルズのことは忘れてしまえるだろうか――そう、もう一度忘れてしまえるだろうか――。

前の晩のいきさつから、ベルベットはジェラードに冷たい扱いを受けるものと覚悟をきめていた。だが案に相違して彼は、朝食をとりながら、ビッキともベルベットともにこやかに語り合った。

「パパ、今度はトンネル山に行ってもいい？　前の時は小さすぎるからいけないって言ったでしょ」

「まだあんまり大きいとは言えないけどね」ジェラードは笑いながらからかった。

「私はもうとっても大きいわ」ビッキが言い返した。

「おや、そうかい。気がつかなかったよ」

「それは、なぜかっていうと……」

ジェラードの表情が硬くなった。「なぜだって、ビッキ？」柔らかい声で彼は促した。

「なんでもないわ」ビッキは口ごもった。

「ビッキ」ジェラードはなおも言わせようとする。

「それは……パパがいなかったからよ。私を置いて、いなくなったからだわ」ビッキの声がふるえた。

ベルベットはジェラードの青ざめた顔をそっと見やり、立ち上がると明るい声で言った。

「バッグを取ってくるわね」そして二人を残してその場を後にした。

ビッキはとても感じやすい子供だ。両親が別居していたことは、彼女にはとてもこたえただろう。ああした反応を示すのも、無理はない。

数分後、ベルベットの部屋のドアにノックが聞こえ、ジェラードが入ってきた。まるで殴られでもしたような表情をしている。

「大丈夫？」ベルベットはその様子に心を痛めた。

「僕は娘を愛していないんだそうだ」

「そんなばかな！」

「そうなんだ」彼は重い口調で言い、ベッドに腰を下ろした。見るからに傷ついている様子だ。

「なぜビッキはそんなことを考えたの？」

「妻だ。ティナと僕との最初の別れは、あまり気持のいいものじゃなかった。ティナは僕をひどく恨むようになり、その恨みをビッキに伝えたんだ。僕がそのことに気づいた時はもう遅かった。ティナは僕がビッキを愛していないと言ったらしい」

「残酷だわ！」ベルベットは首を振った。

「人間とはそういうものさ。傷つけられた時、一番身近な人間に痛みを転嫁しようとする。

ティナにとってはそれがビッキだったんだね」

「でも今は、あなたに愛されてるとわかっているはずでしょう?」

「そうだと思う。こんな時以外はね。さあ行こう、ビッキが待ってる」

ビッキの頬にはまだ涙の跡があったが、それ以外に先刻の出来事の痕跡《こんせき》はなかった。ジェラードも、何事もなかったように娘をからかっている。車に乗り込む前に、ジェラードはビッキに、売店へお菓子を買いに行かせた。

「驚いただろう?」

「ええ、少しね」

「そうだろうと思うよ。だが医者がビッキの気まぐれは無視したほうがいいと言うんだ。僕が愛情を示し続ければ、ビッキは立ち直るからと」

「ビッキは精神科医に診てもらってるの?」

かすかな笑みが浮かんだ。「それほど深刻じゃないよ。だがビッキは母親の死で傷ついている。君も息子が大きくなっていろいろ質問をするようになったら、頭を悩ますことになるだろう」トニーの話になって、ジェラードの口調がわずかに硬くなった。「ビッキも僕の愛情を確信すれば、ヒステリーのような状態に陥ることもなくなると思うんだが」

ビッキが取り乱した後の回復の早さを考えると、ジェラードのやり方は効を奏しているのだろう。夜中に泣いた時でさえ、その後の立ち直りは早かった。

「心配しなくていい、ベルベット。これは僕の問題だ」

「ええ、でも……」

「大丈夫だよ。さあ、とにかくこのやっかいな一日を楽しく過ごすように工夫しよう」

車でディズニーランドの駐車場に着くと、そこから先はモノレールで中へ入るようになっている。ビッキは一人で窓側に座り、ジェラードと並んで座ったベルベットは、隣に寄りそった彼の体をずっと意識していた。

モノレールはホテルの食堂の真ん中を通りぬけて行く。ビッキは大喜びだった。食事している人々の間を走り抜けるのは、かなり奇妙な感じがするが、見られている人々のほうでは、別になんとも思っていないようだ。

「ビッキ、答えはノーだ。聞かなくてもわかる」ジェラードが毅然《きぜん》とした口調で言った。

「でもパパ……」ビッキはがっかりしたようだ。

「だめだ。もしここで食事をしたら、ほかのことをする時間がなくなってしまうぞ」

ジェラードがビッキをかわいがりながらも、厳しくしつけていることに、ベルベットは感嘆していた。たいていの男性は、こんな場合、娘を甘やかしてだめにしてしまうだろう。愛情は示しても、甘やかすことはしない。ビッキは父親の態度に尊敬を抱かずにはいられないだろう。ジェラードは最後にはきっとビッキの心を勝ち取るに違いないとベルベットは確信した。

ディズニーランドに入ると、子供時代の夢の世界に踏みこんだような気持になる。昔風の路面電車やバス、それに本物の馬に引かれた馬車がメインストリートを走り、美しい歩道を歩けば、土産物屋や、古風な映画館、アイスクリーム・パーラーが並んでいる。メインストリートの突き当たりには水晶の宮殿とおとぎの城が天を摩するように聳《そび》えている。

「忘れていたよ」ジェラードがつぶやいた。

「忘れていたって、何を？」

「ディズニーランドの魔法だよ。君も、もし自分の顔を見られれば、魔法にかかってることがわかるだろう。ビッキと同い年くらいにしか見えないよ」

「ごめんなさい」ベルベットは赤くなった。

「いや、謝ることはない。そのままでいてほしい。さあ、ポップコーンを買ってあげよう」

子供にとってはもちろん、大人にも、そこは魅惑の世界だった。乗り物も素晴らしい。ただトンネル山だけはベルベットも悲鳴をあげたし、ビッキも青ざめて帰ってきたが。未来の国から冒険の国まで、三人はすべてを回って歩いた。カリブの海賊は機械仕掛けながら、まるで本物のように動いた。午後はドナルド・ダックやミッキー・マウスや、ジャングル・ブックの登場人物などのパレードもあった。

お化けの家も楽しかった。その後早めの夕食を済ませると、ジェラードが言った。「そろそろ帰らなくちゃならないな」

「あらパパ、まだよ。だってお城が明るくなるのを見たいもの」

「照明がつくまでか。だがそれまでにはまだ何時間もあるぞ」

「でもベルベットだってきっと見たいわよ」

「まるで強迫ね」ベルベットは笑った。

「君も照明がつくのを見たいかい？」

「ええ……そうね」ベルベットはジェラードを見つめた。彼はこれまで辛抱強くビッキの望みをすべてかなえてやっていた。しかもこれからフォート・ローダーデイルまで長い道のりを運転しなくてはならないのだ。「あなたが決めてちょうだい」彼女は思いやりをこめて言った。

「いることにしよう」

「わあ、うれしい！」ビッキは父親に飛びついた。「小さな世界《イッツ・ア・スモール・ワールド》にもう一度行ってもいい？」

ジェラードはうなずいた。「ベルベットと僕はここで待ってる。二回も行けばもうたくさんだからね」ジェラードはベルベットがビッキに買ってあげたミッキー・マウスのぬいぐるみを預かった。食事中もビッキはそれをそばから離さずにいたのだ。

「なくさないでね」ビッキが念を押した。

「もちろんだよ」父親の言葉を聞くと、ビッキは人ごみに姿を消した。

「ああ、疲れたわ」ベルベットは椅子に崩れるように座りこんだ。

ジェラードのほうは、朝と変わりなく元気そうに見える。「そうだろうと思ったよ。だからビッキを一人で行かせたのさ。イッツ・ア・スモール・ワールドはもう見飽きたしね」

「ビッキは楽しそうだわ」

「君だってそうだよ」ジェラードがからかった。

「あなただってよ」ベルベットは心から楽しそうに笑った。「私たちみんな子供みたいだわ」

「本当だ。僕が今日楽しめたのは、君のおかげだよ。ここへ来るのは実のところあまり乗り気じゃなかったんだが、君が来てくれて助かった。ビッキは時々手に負えないことがあるんでね」

「ビッキはあなたの愛情を独占したいのよ。トニーも……ごめんなさい……」ベルベットは唇をかんだ。

「トニーがどうしたんだい?」

「トニーも少し前にそんな時期があったわ。片親の子供にありがちなことなんだと思うの」

「たぶんね。僕は再婚すべきなのかもしれない」

「え……ええ。そうだと思うわ」言いながらベルベットはジェラードから少し離れた。彼が誰かと再婚することを想像して気が重くなったのだ。それに彼女はビッキにも執着を感じ始めている。

とんでもない話だ！　トニーと二人の自分の生活に戻っていかなければならないというのに。そこにはこの男性はいないのだ。

「君はどうだい？　君には誰か想《おも》う人がいるのかい？」ジェラードがさりげなくたずねた。

そんな人はジェラードだけだ……。「いいえ。あなたは？」

「僕も同じさ」

「パパ！」突然ビッキが目の前に現れた。大はしゃぎで体をはずませている。「電気がついたわ！　見に行きましょうよ」

夜の訪れとともにあたりはおとぎの国に変貌していた。光のきらめく美しい世界を、三人は後ろ髪を引かれる思いで後にした。車が駐車場を出るとまもなくビッキは眠りに落ちてしまった。

「もう一晩ホテルに泊まったほうがいいんじゃないかしら。あなたも疲れてるでしょうし」ベルベットは提案してみた。

「いや、帰ったほうがいい」重々しく彼は答える。

「なぜ？　私の飛行機は午後だから、午前中に帰れば十分間に合うわ」

「いやだめだ。ビッキはもう寝てるし、君も一緒に眠っていけばいい」

「でも……」

「今夜のうちにフォート・ローダーデイルへ戻る。君が飛行機に遅れては困るからね」

ジェラードは明らかにベルベットから離れたがっているのだ。もともと彼女をディズニーランドへ誘うのにも反対だったのだし、ビッキの面倒を見たことは感謝していても、今はもう消えてほしいのだろう。ベルベットにとってこれは衝撃だった。この一日の間に彼への思いは深まっているのに、彼のほうは一刻も早く離れようとしている。ビッキをトニーに会わせるという計画も悪くない、そうすればまたジェラードに会える、と考え始めていたのに、彼のほうにはその気はないようだった。長いドライブの後、車はフォート・ローダーデイルへ辿《たど》りついた。ビッキは父親の腕に抱かれても眠ったままである。

「今日はどうもありがとう」ベルベットは子供を起こさないように小声で言った。

「僕のほうこそありがとう」あっさりした口調だった。

「あら、私は何もしてないわ」

「一緒に行ってくれて、ビッキは喜んでいる」

ベルベットは突然別れを言いたくないという思いに胸をしめつけられた。「何かお返しにできるものはあるかしら……お食事とか」

「いや。もう休んだほうがいい、遅いから」

翌日ベルベットはジェラードもビッキも見かけなかった。フロントでたずねてみると、二人とも外出していて、行き先はわからないという。

「さよならも言わない気？」

びっくりしてふり向くとグレッグが立っていた。ジェラードかと思ったベルベットは内心失望した。もう出発だというのに、二人はどこにいるのだろう。

「出る前にあなたを探すつもりだったのよ」

グレッグが声をひそめた。「ダニエルズさんとあなたの関係をなぜ話してくれなかったんだい？　僕は危うく首を突っこむところだった」

ベルベットは眉をひそめた。「どういうこと？」

「だって、あなたと彼は……」

「待ってちょうだい。彼と私がどうしたっていうの？」

「同僚と話していたら、あなたとダニエルズさんが一緒にいるのを昔見たことがあるっていうんだ」

ベルベットは青ざめた。「本当？」

「うん。二、三年前らしい。その時からあなたたちはとても親しそうだったと言っていた」

「そう」ベルベットは唇をかんだ。それでは本当だったのだ。本当にジェラードとここで過ごしたのだ！「今でも親しそうに見える？」

「いや。でも彼とどこかへ行ってたんだろう？」

「彼の娘のためにね。彼のためじゃないわ」

「そうか……まあ、僕の知ったことじゃないか。そう言いたいんだろう？」グレッグはにやりとした。

ベルベットはふきだした。「どうしてわかった？」

「簡単さ。元気でねベルベット」彼はかがむと、ベルベットの唇に軽くキスした。

「あなたもね、グレッグ」

「感動的なシーンを邪魔したくはないが、飛行機に遅れるんじゃないかね、デイルさん」からかうような声が背後から聞こえた。

ジェラード！ そして、彼はまた〝デイルさん〟と呼んだ。クリーム色のスーツにベージュのシャツを着た彼があまりにも魅力的に見えて、ベルベットの心臓は高鳴った。

「それじゃね」グレッグは小声で言うと、オフィスへ消えていった。

「用意はいい？」ポールとカーリーがやって来た。

「ええ。さようならダニエルズさん」

「まださよならじゃないよ、ベルベット。僕が飛行場まで送って行くって聞かなかったのかい？」

「いいえ」ベルベットは口ごもった。もう会えないものと思っていたのに！「ポールが話してくれなかったものだから」

「話そうにも君がつかまらないんだよ」とポール。

ポールとカーリーが後ろに座ったので、ベルベットは前に座らざるを得なかった。「ビッキはどうしているの？」

「フェイと一緒だ。君が発《た》つことは言ってない」

「それでいいのかしら？」

「もちろんよくないさ！　だが今朝はビッキの悲しむ顔を見られる気分じゃなかった。ビッキはフェイが戻って喜んでいるが、それも君に後で会えると思っているからこそなんだ。だが君には関係ないことだろうがね」

ベルベットはまた頬を打たれたような衝撃を感じた。反論したくても、ポールとカーリーの前ではそんなわけにもいかない。ベルベットは黙りこみ、マイアミに着くまで、ジェラードとポールが仕事の話を続けた。

ベルベットはジェラードを正視することができなかった。別れの時が近づくに従って、胸にかたまりのようなものがこみあげてくる。ジェラードは先にポールとカーリーと握手を交わした。彼が自分の方を向くと、ベルベットはもうどうしたらいいかわからなくなった。彼のほうは平然としている。

「さようなら、デイルさん」彼は前の二人にしたように、礼儀正しく手をさし出した。

「この二、三日娘の面倒を見てくれてありがとう。感謝しています」

「私も楽しかったわ。ありがとうダニエルズさん」

出発のアナウンスが聞こえてきた。

「さようなら」ジェラードがうなずいた。

ベルベットは頭を高く上げて、ポールやカーリーとともに出発ゲートへ向かい、搭乗券をさし出した。そして最後に勇気をふりしぼって後ろをふり返った。だがジェラードの姿はすでにそこにはなかった。ジェラードは帰ってしまったのだ!

「うまくいかなかったの?」カーリーがそっときいた。

「うまくいかないことなんて何もないわ」

「でも……」

「お願いカーリー。今は話したくないの。頭痛がするのよ」

九時間のフライトの間涙をこらえようと努めているうちに、ベルベットは本当に頭痛を覚え始めた。飛行機は刻一刻彼女をトニーに近づけている。だがジェラードは遠い彼方に離れ去ろうとしていた――。

6

翌朝早く飛行機は雨のヒースロー空港に到着した。イギリスの夏はいつもこんな天候である。サイモンの迎えを頼まなかったベルベットは惨めな気分になった。

ポールとカーリーがアパートまで送ってくれ、仕事の仕上げは月曜日ということになった。気分がふさいで仕方がないが、その理由を考えるのは恐ろしかった。眠れそうにはないけれど、くたくたに疲れた体を、とにかくベッドに横たえたい。

ジェラード・ダニエルズの姿がどうしてもベルベットの脳裏から消えない。最後に会った時の魅力的な、しかし近寄りがたい姿。初めて出会った日の狂おしげな男の面影はみじんもなかった。

ベルベットは彼を今でも愛している！　彼のそばへ戻りたいという焼けつくような心の痛みがその証《あかし》だった。ろくに知ってもいず、また二度と会うこともないであろう男を、彼女は愛しているのだ。

いや、会うことはあるかもしれない。ビッキはトニーに会う約束を忘れていないだろうし、そうなればジェラードが娘を連れてくるだろう。

突然電話が鳴りだし、ベルベットは心臓が止まりそうに驚いた。こんな早朝に電話してくるなんていったい誰だろう？　サイモンが、ベルベットが無事到着したのを確かめるためにかけてきたのだろうか。やさしい兄のしそうなことだ――。

「サイモン――？」

「ベルベット」いらだったような声が聞こえてきた。ジェラードの声だ！

「ベルベット！」ビッキの子供っぽい声が割り込んできた。「ベルベットなの？」

「ええ、そうよ」

「私たちイギリスに帰るの。あなたに会いに行ってもいい、ベルベット？」

「ええ。でも」

「さあもういいだろう、ビッキ」ジェラードの声が聞こえている。「もう寝なさい。あとはパパが話すから」しばらく間をおいて、彼がまた電話口に戻ってきた。「ベルベット？」

「ジェラード……」かすれた声になった。

息づまるような沈黙の後、ジェラードがやっと口を開いた。「元気かい？」

「ええ。元気そうな声でしょう？」上ずった声でベルベットは答えた。

「眠っていたんだろう？　そのせいなのか？」

「元気だと言ったでしょう」

「だが――妙な声だ」

「そうかもしれないわ」どうでもいいようなやりとりにベルベットはいらいらしてきた。「疲れてるのかもしれないわ、おやすみなさい、ダニエルズさん！」腹立ちまぎれに彼女は受話器をがちゃんと置いてしまった。

侮辱するために電話してくるなんて！　涙が頬を伝い始めた時、また電話が鳴りだした。ベルベットは受話器を取ろうともせず、寝室に逃げこんだ。やっとベルが鳴りやんだかと思うと、数分後にはまた鳴りだした。今度は割合早く止まったが、そのすきにベルベットは受話器をはずしてしまった。

出発の時、ビッキの扱いに悩んでいるようなことをジェラードは口にしていた。電話番号を調べたからには、彼がベルベットの住所を調べて、ビッキを連れてくることだってあり得る。

ベルベット自身の反応も複雑である。ジェラードに会いたいのは確かだが、冷たく皮肉な時の彼ではなく、時折見せる温かく生き生きとした表情の彼に会いたいのだ。二人が何もかも忘れて一から出直せたらどんなにいいだろう。だがそれは無理だった。ジェラードの不信と彼女の恐れが、それを阻んでしまっている。

七時になってやっとベルベットは受話器を戻した。兄が電話してくるかもしれないと思ったのだ。そしてその電話は、十分後にかかってきた。

「三十分ぐらいずっとかけ続けてたんだよ。ずっと話し中だった」サイモンはまず文句を言った。

「お帰りベルベット。いい旅行だったかい？　ええ、いい旅だったわ」ベルベットは自棄《やけ》気味に軽口をたたいた。

「わかったよ」サイモンはため息をついている。「お帰り、いい旅だったかい？」

「悪くなかったわ。帰ってきてうれしいわ」

「まだ寝てるよ。でもそろそろ起きるだろう。朝食を食べに来ないかい？」

「ええ、喜んで」

「じゃ急いだほうがいい。息子が全部食べちゃうぞ」

「そんなに食欲旺盛《おうせい》なの？」

「僕よりたくさん食べるよ」サイモンはうめいた。

息子に会ったベルベットは涙をぽろぽろこぼしてしまった。トニーのほうは喜んではしゃぎ回っている。

兄にジェラードの話をしなければと思いながら、ベルベットはトニーが昼寝をするまで延ばし延ばしにしていた。土曜日でサイモンは休みだったが、ジャニスはベルベットに泊まるように言い置いて買い物に出かけて行った。ベルベットはその申し出をありがたく受けることにした。そのほうがトニーのためにもいいだろう。一週間も共に過ごした兄夫婦から急に引き離すのは好ましくない。

「オーケー、さあ始めよう」ベルベットの顔をじっと見つめていたサイモンが言った。不意打ちをくらったベルベットは尻ごみした。

「何のこと?」

「フロリダで一週間も過ごせば、元気いっぱいで帰ってくるはずなのに、まるでヘルス・ドリンクの広告の〝使用前〟みたいに見えるぞ」

「それはどうもありがとう!」

「いや本当だよ、ベルベット。フロリダで何かあったのかい?」サイモンは真顔になった。

「何か、じゃないわ。誰か、よ」

「恋をしたのかい?」

「ええ。いいえ!　そんな単純なことじゃないの」

「恋はいつだって単純じゃないさ」

「ある男性が現れたの」

「そりゃそうだろうね!」

「真面目な話よ、サイモン。その人は、私たちが前に会ったことがあるって主張したの」

「ああ、その話か」

「ええ、電話で話したでしょう。私も彼に会ったことがあるような気がするの。記憶を失っている間のことなんだけど」

「じゃどうしてわかるんだい？」

「ただわかるの。知ってるのよ。ジェラード・ダニエルズという人のことをお兄さんに話したことある？」

「いや、ないよ」

「まあ。お兄さんが何か知ってればと思ったのに」

「……知ってるかもしれない。名前は聞かなかったが誰かいたことは確かだ。その男かもしれない」

「きっとそうよ。私、彼のこと何か話したかしら？」

「何も。ただ僕たちが推測しただけだ」

「僕たち？　アンソニーもそのこと知ってたの？」

「うん、そうだ」

「それでも私と結婚したの？」

「彼は君を愛してたからね」

「そして私は彼を苦しめた」

「それでも彼の愛は変わらなかったよ」

ベルベットは深い息をついた。「ジェラードの名前をお兄さんに言わなかったのは確か?」

「確かだよ。僕は決して名前を忘れないだろう?」

「そうね」ベルベットは重いため息をついた。新しい事実は何もわからなかったが、アンソニー以外の男性がいたことだけは確実らしい。

サイモンはまだこちらを見つめている。「僕の印象ではその男性は結婚していたようだったが」

「ええ。彼の奥さまは亡くなったの」

「じゃ今はやもめってわけかい?」

「ええ」

「そして君は未亡人だ」

ベルベットの口元に苦い笑いが浮かんだ。「でも私たちは、お兄さんが想像してるように、すぐまた恋に落ちたりはしなかったわ」

「そうは思ってないが、彼に再会して動揺したのは確かなんだろう?」

「ええ……気持を乱されたわ。でも彼の娘がいなければ、それほど会う機会もなかったところなのよ」ベルベットはビッキのことを説明した。

「その子供のことが好きなんだね」

「ええ、とても」

その時トニーが目を覚ましたらしく、寝室から大きな声が聞こえてきた。

「あんなにわけのわからないことをたくさんしゃべる子供って見たことないよ」サイモンが笑った。

「でも〝ママ〟ってはっきり言えるでしょ」

「それだけは確かだね！」

「からかうのは子供を持ってからにしたら？」

「ジャニスと二人でがんばってるんだけどね」

「六年もがんばってれば、もう完璧《かんぺき》でしょうね」

サイモンは笑い声をあげた。「全くだよ」

週末は楽しく過ぎていった。ジャニスは兄嫁であると同時に、親友でもある。サイモンが彼女を家へ初めて連れてきた時から、二人は大の仲良しになり、一緒に暮らしていた時期は、その友情は確固としたものになっていた。

日曜日の夕方、ベルベットはトニーを連れて自分のアパートへ戻った。車のベビーシートに座ったトニーはしゃべりづめで、ベルベットはその意味をなさないかた言に、いちいち返事をしてやった。

アパートに着き、エレベーターを降りると、歩けるようになったばかりのトニーは自分で歩くと主張する。ベルベットは笑いながら言った。「わかったわ。さあ、それじゃ——」

「週末の間じゅういったいどこへ行ってたんだ?」聞き覚えのある声がいきなり問いかけた。

びっくりして見上げると、ジェラードが壁に寄りかかっていた体を起こすところだった。

トニーは色の浅黒い長身の男の出現におびえている。

「大丈夫よトニー。この人はママのお友達なの」ベルベットは子供を抱き上げてあやした。

「本気にしてもいいのかね、ベルベット」

「子供をあやすために言ったのよ。おびえてるのがわからないの!」

ジェラードは目を細め、謎《なぞ》めいた表情で子供を見つめると、やさしく言った。「こんにちは、トニー」

トニーはものうげにその方を見、またベルベットの首筋に顔をうずめた。

ベルベットは無言のままアパートの鍵《かぎ》を開けて中に入り、トニーを椅子に座らせると、荷物を取りに戻ろうとした。だがその時にはすでにジェラードがバッグを持って戸口へ入って来ていた。

「お入りにならない?」ベルベットは皮肉な口調で言いながら、荷物からチョコレートを取り出してトニーに与えた。トニーのうれしそうな顔が気持をなごませてくれる。

「さっき、どこにいたかときいたはずだが」ジェラードはキッチンの入口まで来て重ねてたずねた。

「よそへ行ってたのよ」ベルベットはきっとなった。

「それはわかってる」ジェラードも激しい口調で言い返し、トニーの方へ視線を投げたが、子供はチョコレートに夢中で大人たちの言い合いを気にも留めていない。「どこへ行っていたのか知りたい」

「それがあなたにどういう関係があるのかわからないわ」

「わからない？　本当に？　それじゃ教えてやろう。僕がマイアミから君に電話したのは、娘がヒステリーを起こしたからだ。君だってビッキと話したから、そのくらいわかったろう。娘の気持を静めるためには、すぐイギリスへ戻ると約束し、君と電話で話させることしかなかった。だがなぜか君は電話を切ってしまい、その後も受話器を取ろうとしなかった」

「あの……ビッキは今どうしてるの？」ベルベットは心の痛みを感じ始めた。

「母と一緒にいる。僕にも母がいるもんでね」ベルベットの驚いた表情をからかうように彼はつけ加えた。「ビッキはティナが死ぬ前から時々母と一緒に過ごしていたんだ。だが母でさえ、君以上にビッキが執着を示した人間はいないと認めている」

「あなた……お母さまに私のことを話したの？」

「ビッキが君とフォート・ローダーデイルで友達になったことだけね。心配しなくていい。僕だって、昔のことはもうすっかり終わったと思っている。だがビッキが君になつくことを許してしまった以上、その責任から簡単に逃れることはできないぞ」

「そんな！　私はビッキが好きだし、ビッキも好いてくれてると思うけど、私のアメリカでの仕事はもう終わったんですもの、トニーのところへ戻ってやらなくちゃ」

ジェラードはチョコレートだらけの子供の方へ視線を投げ、表情を和らげた。「かわいい子だ、君によく似ている」

「ありがとう」ベルベットはぎこちなく言い、息子の顔を拭《ふ》いてやると、「さあ、おもちゃで遊んでらっしゃい」ときれいになった子供の顔に笑いかけた。

「電話を使ってもいいかな？」

「え、ええ。もちろんよ。居間にあるわ」

「ありがとう」彼は大股にキッチンを出て行った。

「お母さま、僕です。ええ、彼女が戻りました」ベルベットが居間へ入って行くと、ジェラードが受話器に向かって話している。「彼女と息子をお茶に連れて行きます」

ベルベットは息をのんだ。「あの……」

「二十分くらいで着くでしょう」そう言って受話器を置くと彼はベルベットの方を向き、鋭く見つめた。「何か言ったかい？」

「ええ言ったわ！」ベルベットは憤然と言った。「トニーと私はどこへも行かないわ。帰ったばかりなんですもの」

「どこから？」

「しつこい人ね」

「今わかったのかい？」

「いいえ、あなたが傲慢《ごうまん》で尊大だってことは前からわかってたわ！」

「それで？」

「それでって？　まあ」彼はまだ質問の答えを待っているのだ。「兄夫婦のところへ行ってたのよ」

「本当かい？」

「本当に決まってるわ。なぜうそをつく必要があるの？」

彼はうなずいた。「じゃそろそろ行こうか？」

「さっき言ったでしょう……」

「ビッキのためでもだめなのか？」

「ずるいわ」ベルベットは困惑した。

ジェラードの表情が硬くなった。「子供の気持をひきつけておいて、後で放り出すというのか」

ベルベットは青ざめた。「そんなことしてないわ！」

「そうだろうとも！　君はディズニーランドになど行かず、ビッキに君のことを忘れさせることもできたはずだ。だが君は行った。娘を放り出すようなことは僕がさせないぞ。あの子はひどく傷つきやすいんだ」

ベルベットは唇をかんだ。「でも、まだ帰ったばかりで着がえもしてないわ」カジュアルなスカートとタンク・トップのままである。

「君は何を着ていてもきれいだよ」

「でも……トニーが汚いわ」子供のTシャツとズボンはチョコレートだらけだ。

「じゃ着がえさせたらいい。だが早くしてくれ。母が待っているから」

ベルベットは腹だたしげにため息をつきながら、トニーを抱え上げ、浴室で顔と手を洗うと、新しいTシャツとズボンを着せた。着がえの大嫌いなトニーは怒ってわめき声をあげている。だが金髪をきれいにとかしてやると、トニーは天使のように愛らしくなった。

「人殺しでもしているような声が聞こえてたじゃないか」居間へ入っていくと、ジェラードが笑いながらひやかした。

「殺したいのはトニーじゃないわ。さあ」ベルベットはトニーをジェラードのひざに座らせた。「着がえてくるわね」

泣き声をあげると思いきや、トニーは魅入られたようにジェラードの顔を見上げている。ジェラードのほうも慣れた手つきでトニーを引き寄せた。「君はそのままでいいよ」

「こんな格好でお母さまのところへ伺えないわ！」

「なぜ?」

「なぜって……とにかくだめなのよ。すぐ済むわ」

「急がないと約束した時間に間に合わないぞ」

ベルベットは彼をにらみつけると、寝室のドアをばたんと閉め、洋服だんすを開けてドレスをさがし始めた。ああ、どうして彼など愛してしまったのだろう! おかげで必要以上にそっけない態度になってしまう。それに彼の母親に対しても、どのようにふるまえばいいのか——。ジェラードにとっても、彼の母親にとっても、ベルベットはただビッキがなついている女性にすぎないというのに。

しかしベルベットのほうとしてはそうはいかない。ジェラードを愛している以上、彼の母親には好印象を与えたい。結局彼女は身支度に予定より長い時間をとってしまったが、ライラック色のドレスを着た彼女の美しい姿を見たジェラードは、眉をぴくりと上げただけで文句は言わなかった。「いいかい?」

「ええ。今度は私がトニーを抱きましょうか?」

「僕と一緒でごきげんのようだよ。そうだろう?」ジェラードはトニーに向かって言うと、廊下へ歩み出た。

ベルベットはトニーのおもちゃをいくつかバッグに押し込むと、急いで後を追った。ジェラードはすでにジャガーの運転席に座り、トニーはその前で、大はしゃぎでハンドルをおもちゃに遊んでいる。

ベルベットはトニーを抱いて後ろに座った。「私の車で後からついて行ったほうがよくなくて？　そうすれば帰りは送ってもらわなくてすむわ」

「僕の車で一緒に行く」命令口調で言うと、ジェラードはエンジンをかけた。「帰りも僕が送るから」

「あら、でも……」

「送ると言っただろう」

「今日はずいぶんいばってるのね！」

「彼はずいぶんやんちゃだね？」バックミラーでトニーが動き回っているのを見て、ジェラードはほほ笑んだ。

「私の言ったことが聞こえたの？　私は……」

「聞こえたさ。だが今日は僕は怒らないんだ。母を驚かせたくないからね。君が仕事をする時は、トニーはどうするんだい？　仕事を続けていくのに、子供は邪魔にならないのかい？」

ベルベットは唇を苦々しげに歪《ゆが》めた。「私の仕事が子育ての邪魔になるんじゃないか、って言いたいんじゃないの？」

ジェラードは首を振った。「そう思っていたらそう言うさ。子供がいても仕事をしてはいけないという理由はない。母親が家に閉じこもることを強制されるような時代じゃないからね。女性だって、母親になったとたん、個性ある一人の人間でなくなるわけではない」彼はバックミラーでベルベットの方を見て笑った。「僕がこういう意見の持ち主だとは思わなかったろう？」

「ええ。あなたに関しては、見かけって当てにならないものだと思い始めたわ」

「それはほめ言葉だと思うことにするよ。君はそのつもりじゃないかもしれないがね。それで、昼間はトニーはどうしてるんだい？」

「たいていは一緒に連れて行くわ。ほとんどの場合そうできるの。時々は兄嫁に預けるけど、なるべくそうしないようにしてるの。トニーのためによくないと思ったら仕事は続けないわ」

「そうだろうね。そして今のところ、世界は美しい女性を失わずにすんでいる」

「ありがとう」ベルベットは二人がこうして平静な会話を続けていられることに内心驚いていた。だがそれはジェラードが彼女の気分を楽にさせようと意識的に努めてくれているからのようだ。

「お母さまは、どんな方？」

「年は六十八歳、グレーの髪にブルーの目。とてもかわいい人だ。だが僕がそう言ったと言ってはいけないよ」

「とても――すてきそうな方ね」

ジェラードは笑った。「そうさ。心配しなくていい。トニーはきっと好きになるよ。子供はみんなそうなんだ。母もトニーを好きになるだろう」彼は急に真顔になった。「僕に息子がいないことを、母はひどく残念がっているんだ」

「まだ可能性はあるわ」ベルベットはジェラードと結婚して男の子を産むかもしれない見知らぬ女性を思って、ぎこちなく言った。

「いや！　僕は二度と結婚はしない。僕のこれまでの恋愛はあまり賢明だったとは言えないからな」

それが自分に向けられた言葉だと知って、ベルベットは赤面した。彼はベルベットを愛したことを、おろかなことだったと思っているのだ。彼女への愛は過ちだったと、明言しているのである。

ジェラードの母の家は、ロンドン郊外にある古い邸だった。ベルベットはその美しいたたずまいに、中へ足を踏み入れる前から圧倒されていた。

ジェラードがまたトニーを抱いて降り、トニーのほうも、いかにも満足げな様子である。

「ますますひどくなるな」ジェラードは笑ってベルベットの方をふり向いた。「母は何年も前からこんながらくたを集めてるんだ」

彼が「がらくた」と言ったのは、美しい骨董《こっとう》の家具や、いかにも高価そうな陶器類である。そして客間の椅子から立ち上がってきたのは、邸の美しさに勝るとも劣らない優雅な婦人だった。

「ベルベット！」ビッキが椅子から転がるように下りると、ベルベットの腕の中に飛び込んできた。「ああ、ベルベット、会いたかったわ！」

「私もよ」ベルベットはビッキを抱きしめ、髪をなでると、明るい声で言った。「誰と一緒に来たと思う？」そしてジェラードからトニーを受け取り、床の上に座らせた。「これがトニーよ」

ビッキは黙ってしばらくトニーを見つめてから言った。「小さいのね」

「君だって昔は小さかったよ」ジェラードは娘の頭に手を置いた。「トニーをキッチンに連れて行って、チョコレートビスケットをあげなさい。パパはベルベットをおばあさまに紹介するから」

ビッキはトニーの手をしっかり握って部屋を出て行った。

「大丈夫だよ。家政婦のモリーが面倒を見てくれる」ジェラードは心配そうなベルベットの顔を見て言うと、母親の前へ彼女を連れて行った。「ベルベット、母のサラ・ダニエルズです。お母さま、こちらがベルベット・デイルさんです」

ダニエルズ夫人は温かいほほ笑みを浮かべた。息子と同じように背が高く、彫りの深い顔立ちと青い瞳を持った婦人である。「ベルベットさんっておっしゃるの？　なんてかわいいお名前でしょう！」

「ありがとうございます」

「とても珍しいお名前ね」

「ええ」

「おかけになって。モリーがお茶をさしあげますわ」

ソファに腰かける前にベルベットはジェラードの方をちらと見た。彼が隣に座ってくれれば気が楽になると思ったのだ。しかし彼はそうはせず、ひじかけ椅子に座ってしまった。

間合いを計ったように家政婦がワゴンを押して現れ、ベルベットにほほ笑みかけて出て行った。

「お茶をついでくださる、ベルベット？　ベルベットとお呼びしてもいいかしら？」

「もちろんですわ」

サラ・ダニエルズは関節炎にかかっている手を上げて見せ、「この手が前のように動かないのですよ」とベルベットに頼んだ理由を説明した。

ベルベットは紅茶を三つ入れた。ダニエルズ夫人には言われたとおりミルクと砂糖を入れ、ジェラードには、何も言われないのに、砂糖なしのレモンティーを手渡そうとした。

「あら」ベルベットはうろたえてその手を途中で止めた。「あの、私……」

「いいんだよ。僕の好みどおりだ」

ベルベットは目をしばたたいた。「でも……どうしてわかったのかしら？」

ジェラードが笑った。「第六感かな？」

ベルベットは真っ赤になって、自分の紅茶をあわてて飲み、舌を火傷《やけど》してしまった。ジェラードの目がまだ笑っている。どうしてジェラードの好みがわかったのか見当もつかない。彼のほうは、ベルベットが過去のことでうそをついているという確信を深めたに違いない――二人の過去について――。

「息子はフロリダであなたにお会いしたそうね」

「はい、そうですの」

「ビッキがあんまりあなたに夢中なので驚いてますのよ。あの子には珍しいことですもの」

「私もビッキが大好きですわ」

「もしよろしかったら……」

「お母さま！」ジェラードが突然さえぎった。「ベルベットと僕がビッキのことをどうするかは、僕たち二人で決めます」

「私はただ……」

「お母さま！」

ダニエルズ夫人は押し黙った。ベルベットは母と息子の間の無言の葛藤《かっとう》を見守っていたが、息子のほうが明らかに母親を抑えてしまったようだ。

「私はいつでも喜んでビッキに会いますわ」ベルベットは張りつめた沈黙を破ろうと試みた。

「明日は？」トニーを連れて戻ってきたビッキが熱心に言った。口も手もチョコレートだらけだ。

「明日はだめだ。ベルベットは仕事があるだろう」

「でもトニーは一緒に行くんでしょう？」とビッキ。

「そりゃトニーはね……」ジェラードが口ごもった。

「大丈夫よジェラード。明日はポールの撮影の残りだけだから、ビッキも連れて行けると思うわ」

ビッキの顔が輝いた。「本当に行っていいの？」

見るとジェラードは厳しい表情をしている。「でも、最後に決めるのはお父さまよ」

「パパ？」ビッキは父親を見上げた。

彼はため息をついた。「ベルベットがいいのならいいだろう」

「私はいいわ。あ、だめよトニー」トニーがダニエルズ夫人の絹のドレスにチョコレートだらけの手をのばしそうになったのを見て、ベルベットは子供を抱き上げた。

ダニエルズ夫人が立ち上がった。「キッチンで手を洗ってあげましょう。さあそちらのお嬢さんもいらっしゃい。お口のまわりにチョコレートがいっぱいよ」夫人は子供たちを連れて立って行った。

ベルベットはそわそわとジェラードの腹だたしげな表情を見た。

「君には分別ってものがないのか？　君がそんなふうでいる限り、ビッキは決して君から離れないぞ」

「でも私は……」

「ビッキの学校は休みに入ったばかりだ。気をつけないと、ビッキは毎日でも君と一緒にいたがるぞ」

「私はただ手助けがしたかったのよ。あなたが私には責任があるって言ったし……」

「やめるんだベルベット」突然彼はベルベットを引き寄せた。「やめるんだ」唇が合わされた。

一週間前に彼に出会って以来初めて、ベルベットは進んで彼のキスに応《こた》え、両の手を彼のうなじに回した。ジェラードの唇の動きにやさしさが加わり、彼の手がそっとベルベットの背をなぞっていく。

彼が顔を上げ、とまどったような青い瞳が見下ろした。「ベルベット？」

「なあに？」

「なんでもない」彼はベルベットを自分から離し、背を向けた。「母と子供たちが戻ってくる」

　ベルベットはダニエルズ夫人に向かってほほ笑みを浮かべようと努力しながら言った。

「トニーと私はそろそろおいとましますわ」

「夕食までいらっしゃってはいかが？」

「もうトニーを寝かせなければいけませんから。今日はいろいろなことがありましたもの」

「そうね。まあジェラード、口に何をつけてるの？」夫人はティッシュで息子の唇をぬぐおうとした。

「僕は子供じゃありません」彼は不機嫌に身をかわした。

　夫人の目が楽しげに輝いている。「そのプラム色はあなたには似合わないわ。ベルベットにはとてもよく合っているけど、あなたには……」

「わかりましたお母さま」ジェラードは憤然と言った。「さあ行こう」彼はベルベットを促すと、トニーを抱き上げた。

「私も行っていい？」ビッキが声をあげた。

「おばあさまと一緒にいなさい。ベルベットには明日会えるんだから」ジェラードの声が和らいだ。

「そうね！」ビッキは笑顔で答えた。

「朝が早いわよ。八時に迎えに来るわ」

「それまでに用意させておきますわ」ダニエルズ夫人が約束した。

家へ着くまでの間、ベルベットはジェラードの表情をうかがっていた。今にも爆発しそうな顔をしている。その理由を思うと、口元に笑いがこみあげてくる。口紅がついているのを母親に見つかった時の彼の怒りようといったら――。

「何がそんなにおかしい?」突然彼が口を開いた。

ベルベットは唇をかんだ。「あの……」

「答えなくてもいい。だが母が僕たちを結びつけようと画策し始めたら、もう笑ってはいられなくなるぞ。母は僕に妻が必要だと思いこんでいて、どうも君が適役だと決めこんだようだ」

いやがっているのはどうやらジェラードだけのようだ。だがベルベットとて、自分を愛してもくれない男と結婚したいとはもとより思わなかった。

7

翌朝ベルベットが迎えに行くと、ビッキはちゃんと用意して待ちかまえていた。ジェラードがオフィスへ行く途中、母親の家に落としていったらしい。「すみません、ビッキはこちらに滞在しているものとばかり思っていたものですから」ベルベットはダニエルズ夫人に謝った。夫人はお茶をすすめてくれた。

「週末だけ泊まるのですよ」夫人は子供たちの方に目をやった。「二人は気が合うようね？」

「ええ」ベルベットは昨夜のことについて何か言い訳しなければならないと考えていた。「あの……」

「サラと呼んでちょうだいね」

「昨夜のことなんですけれど……」

サラ・ダニエルズはため息をついた。「息子が言ったこと以外につけ加える余地はないと思うわ」

「ジェラードが……何をおっしゃいましたの？」

「全部話しましょうか？　それとも、さしつかえのないところだけ？」

ベルベットは夫人のユーモアにほほ笑んだ。「さしつかえのないところをうかがえますかしら？」

「息子はね、邪魔したり飛躍したりするな、余計な世話を焼くのはやめてくれって言いましたの」

ベルベットは目を見張った。「それがさしつかえのないところですの？」

夫人は笑った。「あの子は子供の頃からぶっきらぼうでしたわ」

ジェラードが感じやすい少年だった頃など想像もつかなかった。彼は生まれつき尊大で自信家だったように見える。

「いつか息子の写真をお見せしましょうね。きっとお笑いになるわ」

「そうかもしれませんわ。でもジェラードが見せてくださらないでしょう」

「あら、息子になんて頼みませんわ。私がそろえておいてそっとお見せするのよ」

もう行かなければならない時間だった。ベルベットは子供たちを大急ぎで車に乗せると、ポールのスタジオへ向かって車を飛ばした。

「遅刻だよ」彼女が息せききってスタジオへ入ると、ポールが待ちかまえていた。「なんてことだ、ここは幼稚園じゃないぞ、ベルベット」

「やめなさいよポール」ベルベットがおもちゃを並べるのを手伝いながら、カーリーが助け船を出した。

ベルベットは急いでショーツとタンクトップに着がえ、カメラの前に立った。「あなたは気にしないと思ったのよ」

「あれはダニエルズの子供じゃないのかい?」

「ええ」ベルベットは赤くなった。

ポールはシャッターを切り始めた。

「変だな……笑って。そうだ。下を向いて。ダニエルズは何も言ってなかったが。はい、いたずらっぽい表情をして。イギリスへ戻るとは……上を向いて。はい、笑うのをやめて
――彼は言ってなかった」

「急に決まったらしいのよ」ベルベットはカメラの方を見ないようにして言った。ポールはレンズを通してなんでも見抜いてしまうのだ。

「そうだろうとも」皮肉たっぷりの答えだ。

「ポール……」

「次のを着て」急にポールが注文した。

「子供たちのこと、ごめんなさい」

「いいよ。トニーのことは好きだし、ビッキもかわいいじゃないか。仕事の邪魔さえしな

ければね」

「大丈夫よ。ビッキがトニーと遊んでくれるわ」

ビッキはとてもよくトニーの面倒を見てくれた。ダニエルズ夫人の家へ戻ると、夫人はお茶を飲んでいくようにと引きとめた。夕食もすすめられたが、それだけは断ることにした。夕食時間までにはジェラードがビッキを迎えに来るに違いない。

「明日も一緒に行ける?」ビッキがせがんだ。

ベルベットは明日一緒に仕事をするジミー・ランスのことを考えた。ジミーは子供好きだし、彼自身二人の子持ちだ。「いいと思うわ」

「本当にいいんですの?」とダニエルズ夫人。

「ええ。いつもというわけにはいきませんけど」

事実、金曜日にはランジェリーのモデルの仕事で遠出する予定が入っている。そう説明すると、夫人はその日トニーをビッキと一緒に預かろうと申し出てくれた。最初は断ったが、夫人があまり強くすすめるので、当日七時半にトニーを預けに夫人の家に立ち寄ることにした。ジェラードがビッキを預けに来る前の時間を狙《ねら》ったのだ。

その週はジェラードには全く会わないまま過ぎていった。数分の差で出くわさずにすんできたのだ。だが金曜の朝はそううまくはいかなかった。

椅子の上から邸の外を眺めていたトニーがはしゃいで叫んだ。「ピッキ! ピッキ!」

もちろんビッキのことだ。ベルベットは、気が重くなった。ビッキが来たとすれば、当然ジェラードも一緒だ。「気をつけて！」彼女は上の空で、興奮しているトニーを椅子から抱きおろした。

ビッキが入って来ると、すぐ後にジェラードが続いた。紺のスリーピースを着た姿が際立ってスマートに見える。ベルベットは彼に表情を読み取られるのを恐れて、顔をそむけた。

「ベルベット、今日は遠出をするそうだね」とがめられたのかと思ったベルベットは真っ赤になった。「私は働かなければならないんですもの。前にも言ったと思うけど……」

「僕はそんなつもりで言ったんじゃない」

「まあ……ごめんなさい」

「いや。ビッキは面倒をかけなかったかい？」

「いいえ。私も楽しかったわ。ミス・ロジャーズの後任の人は決まったの？」

「まだだ。だがもしビッキが君の重荷になっているんだったら……」

「そんなことないわ。私もトニーも楽しんでるわ」

「それじゃ君の親切にお礼をさせてほしい」温かみの全く感じられない言い方だった。

「今度の日曜日僕たちと一緒に出かけないか？」

「あの、私……」

「都合が悪ければそう言ってくれればいい」

ベルベットは唇をひきしめた。「いえ、行けるわ」

「よし。十時に君とトニーを迎えに行く」ジェラードはふり返ってダニエルズ夫人の頬にキスし、「じゃその時に、ベルベット」うなずきながら言った。

「ええ、ジェラード」

彼はビッキにキスし、トニーの頭をなでると出て行った。彼の姿が見えなくなってほっと息をついたベルベットは、ダニエルズ夫人が笑顔で見つめているのに気づいて頬を紅潮させた。

「あれは私の息子らしいけど、まるで悪魔ね」夫人はくすくす笑った。

「ええ」ベルベットも感慨をこめて同意した。

「あなたもそろそろお出かけになる時間でしょ?」

「大変、本当だわ」あわてて飛び出したベルベットは、外に彼の車がまだあるのを見て驚いた。

車の窓がゆっくり開いた。「気分はどうかね、ベルベット?」さっきとはうって変わった柔らかい調子にベルベットは眉をひそめた。「今日はどうしても仕事をしなくちゃならないのかい?」

「もちろんよ。なぜ？」

ジェラードは肩をすくめた。「二人で仕事をさぼったらどうかと思ったのさ。でも君が仕事をするんなら……」彼は座り直すとエンジンをかけた。

「ああ……」ベルベットは抵抗しがたい誘惑を感じていた。ジェラードと一緒に行きたい。ジェラードと一緒にいたい。だがこれまでに仕事をすっぽかしたことは一度もないのだ。トニーが生まれた時、多くの人が好意の手をさしのべて仕事を回し続けてくれた。その親切に報いるために、仕事は決して断らないことにしている。「ええ、仕事には行かなければならないわ。ごめんなさい」

「別にかまわないさ、日曜日に会うんだから」心ここにあらずというふうな口調でジェラードが答えた。

かまわない、と彼は言ったが、ベルベットのほうはそれではすまなかった。彼が誘った理由が知りたかった。「なぜなの、ジェラード？　なぜ私と出かけようと思ったの？」

「想像にまかせるよ」冷たい声で言い捨てると、ジェラードは窓を閉め、走り去ってしまった。

その日一日ベルベットは沈みこんでいた。いつものように仕事に熱が入らない。あまりのひどさに、ジョイスは撮影を中断して文句を言い始めた。

「セクシーな表情をしてちょうだい、ベルベット。ブラは男をワイルドにさせるものなんだから。もっともブラなんかつけてないほうが、男どもは喜ぶと思うけどね。とにかくセクシーなことを考えるのよ、ベルベット。最高の男を思い浮かべて」

とたんにジェラードが頭に浮かんだ。彼に抱かれている自分を想像すると、知らず知らず頬が熱くなり、目が陶然としてくる。二人の愛は素晴らしかったと彼は言っていた。自分では全く記憶していないその愛を、今どんなにベルベットは渇望していることか。

「いいわ!」ジョイスがカメラを下ろした。「すてきよ、ベルベット」

ベルベットの頬が染まった。「写したの……?」

「ええ。よほどの男なのね」

「ええ」声がかすれた。

「それなのに隠しておくのね」ジョイスが冷やかすように言った。

サラ・ダニエルズの邸へ戻って、ジャガーが止まっているのを見たベルベットは、自分でもうれしいのか困惑しているのかわからないような気分になった。ジェラードがいる! まだ四時半だから、ずいぶん早く来たのだ。ジョイスのところでのことを思い出すと、顔を合わせるのは恥ずかしかった。今でも考えると頬に赤みがさしてくる。

だが居間へ入ったとたんそのとまどいは消えた。カーペットの上にジェラードが仰向けに寝て、その上にトニーが乗り、きゃっきゃっとはしゃいでいる。ビッキも父親の隣に仰向けになって、トニー同様楽しそうだ。

「今晩はベルベット」サラがほほ笑みながら言った。

「今晩は」ベルベットもほほ笑んだ。

ジェラードがトニーを腕に抱いて立ち上がった。「疲れた顔をしてるね」彼は眉を寄せた。

「ママ、ママ！」ジェラードの腕の中からこちらへ身を乗り出してきた息子を、ベルベットは抱きとった。「ありがとうトニー。あなたはちゃんとお帰りなさいの言い方を知ってるのね」ジェラードの方へ冷たい視線を投げながら、ベルベットは皮肉った。

ジェラードの唇が歪《ゆが》んだ。「僕だってやさしくお帰りなさいを言う方法を知ってるさ」彼の手がベルベットのうなじにのびたかと思うと、強く唇が合わされた。

「まあ！」ベルベットはうろたえてサラ・ダニエルズの方を見た。次の瞬間トニーがもがき始め、床に下ろすために前かがみになったおかげで、当惑した表情を隠すことができたが――。なぜジェラードは、よりによって母親の前でこんなことをするのだろう。

ジェラードは夫人の方を向き、白いハンカチで唇をぬぐった。「この色はどうですか、お母さま？」

「プラムよりは似合うわ」夫人の目がいたずらっぽくきらめいている。

「そうでしょう」ジェラードはにやりとした。

ベルベットは彼の方を見ないようにしながら、サラに向かってぎこちなく言った。「トニーと私はそろそろおいとましますわ。今日はトニーがお世話をかけましてどうもありがとうございました」

「お世話したのはジェラードですよ。午後戻って来て二人を公園へ連れて行きましたの」

「そうでしたの……でも車にベビー・シートがないのにどうやって？」ビッキではトニーは手に負えかねたことだろう。

「今朝ベビー・シートをつけたのさ。君が日曜日出かけることに同意してくれたのでね」

「何ですって？　そんな必要はないわ！」

「そのほうが安全だからね」

「それはそうだけど」

「さあもうつべこべ言わないで座るんだ。お茶を飲むまでは帰るとは言わせないぞ」それでもベルベットがためらっていると、彼はさらに言葉をついだ。「座るんだ！」そして大股に部屋を出て行った。

ベルベットは憤然として腰かけると、ため息をついた。ビッキにせがまれてすごろくを始めたが、あまり身が入らない。なぜジェラードは母親の前でこんなふうな態度をとるのだろう？　こんな扱いを受けるいわれは全くないはずだ！

ベルベットが再びいとまごいをしようと考えているところへ、ジェラードがお茶の盆を持って戻ってきた。そんなことをしていてさえ、彼は男らしい魅力に満ちている。昼間のうちにスーツから着がえたらしい黒のシャツと黒のデニムがよく似合っている。

「君には休んでいるように言ったはずだが」彼は厳しい口調で言った。「ビッキ。おばあさまと遊びなさい。ベルベットは仕事で疲れてるんだ」

「はい」ビッキは素直に盤とさいころをかたづけると、トニーの手を引いて行った。トニーはこの頃まるでビッキの影になったようで、家に帰ってもビッキの名前を口ずさんでいるほどだ。

「私に皮肉を言うのはやめてくださらない！」ベルベットは小声でジェラードに抗議した。

彼の眉が上がった。「誰が皮肉なんか言った？」ジェラードはお茶の盆を小さなコーヒーテーブルに置き、ベルベットの前に出した。「僕たちはさっき済ませたんだ」カップが一つしかないのを見ていぶかしげな表情をしたベルベットに彼は説明した。「それに僕は皮肉なんか言うつもりはなかった——モデルの仕事がどんなに大変かよく知っているつもりだから」

「そう？　モデルのガールフレンドが何人いるの？」

「たった一人」

「それは……まあ、私のことなのね」

「そうだ。お茶を飲みなさい。疲れがとれるよ」

今度はベルベットも彼の命令口調に腹をたてず、素直にお茶を味わった。知らない人が見たら、この場の情景は間違いなく誤解されるだろう。ベルベットとジェラードは夫婦。ビッキとトニーは二人の子供。そして祖母が孫と遊んでいる……。しばらくベルベットはそんな夢にひたっていた――が、ふとジェラードがじっと見ているのに気づいた。彼女はあわててそのブルーの瞳から目をそらした。

「さあ、本当においとまするわ。トニーをお風呂に入れなくちゃならないし、夕食の支度もあるし」

「君は働きすぎだ。家政婦を雇ったらどうだい」

「私はあなたみたいにお金持ちじゃないわ。それに私はトニーの面倒を見るのが楽しいのよ」ベルベットはトニーに向かって両手を広げ、駆け寄ってきた子供を抱き上げた。「さあもうねんねの時間よ」

「車まで僕が抱いて行こう」

「いいえけっこうよ」

「いや僕が抱いて行く。そんなに何もかも一人でしようとがんばるんじゃない」

「がんばってなんかいないわ」

「いるとも。母が言っていたが、君は今日トニーを預けるのをずいぶんいやがったそうじゃないか」

「ご迷惑をおかけしては悪いと思ったのよ」

「迷惑なんかじゃない。君はビッキを一週間も預かってくれた。トニーを一日預かるくらいは当たり前だよ。母がどんなにトニーをかわいく思っているか、わかっているだろう?」

「ええ」ベルベットは小さくうなずいた。

「それはいいことだと思わないかい?」

「いいえ。状況が複雑になるばかりだわ」

「ちっとも複雑なんかじゃない。考えてみればごく簡単なことだ」

「どういう意味?」ベルベットは鋭く見つめた。

その時トニーがまた大きなあくびをし、ジェラードの険しい顔が和らいだ。「トニーは本当に疲れているようだ。早く家へ連れて帰ったほうがいい」

「私はもっと早く帰りたかったのよ」

「おやおや、今日はずいぶんけんか腰だな」

「あなたはいつもどおり横柄ね」

「君を失望させなくてよかったよ」

ジェラードに失望することなどあり得なかった。彼といると、すぐにかっとなってしまうが、失望とはおよそ無縁である。

ベルベットはふと、ダニエルズ夫人がどう思ってこの二人の言い合いを見ているだろうかと、気恥ずかしくなった。夫人は別に気にするふうもなく、にこにこと見守っている。夫人が二人の仲をとりもとうとしていると言ったジェラードの言葉は正しかった。夫人は事あるごとに息子をほめ、約束どおりジェラードの若い時の写真も見せてくれた。彼の赤ん坊の時から結婚式に至るまでの写真である。

ティナ・ダニエルズは金髪でほっそりとした体つきの、美しい女性だった。十年前の写真だというが、ジェラードはあまり変わっていない。背が高くハンサムで、花嫁を誇らしげに見下ろしている。

ベルベットはこの写真を見て嫉妬《しっと》に胸を痛めた。続く写真は、休日を共に過ごすティナとジェラードで、ジェラードが赤ん坊のビッキを抱いている。

アルバムを見た日のベルベットは、自分が出会う前のジェラードの人生に嫉妬して、うちひしがれてサラの邸を後にしたものだった。

そして今日も、ベルベットは惨めな気持でダニエルズ邸を辞去した。ジェラードのことが全く理解できなかった。一週間顔を合わさなかった後、今朝はひどくよそよそしかったかと思うと、夕方はがらりと態度が変わってなれなれしかった。彼のような複雑な男性を理解するのには一生かかるだろう。だが一生などとのんきなことは言っていられなかった。

土曜日はジャニスとサイモンの家を再び訪れた。サイモンはトニーが「ピッキ」と言っているのに好奇心をそそられたらしい。

「ビッキ・ダニエルズのことよ」ベルベットはしぶしぶ説明した。

「ジェラード・ダニエルズと関係あるのかい？」

「彼の娘よ」

「ほう」

「そんなふうに〝ほう〟なんて言わないでちょうだい！　家政婦さんの代わりが見つかるまで面倒を見てあげてるだけよ」必ずしも真実とは言えなかったが、ジェラードがフェイ・ロジャーズの代わりを見つけることは確かだろう。

「トニーはその子が好きなんだろう？」

「ええ」

「そして君は父親のことがまだ好きなのかい？」

「お兄さん……」

「彼がイギリスへ戻ることは言わなかったね」

「私だって知らなかったのよ。突然アパートの入口に現れたんですもの」

「娘と一緒に？」

「……いいえ。でも後でビッキにも会ったわ」

ベルベットの不興げな顔を見てサイモンは笑い声をあげた。「全くのプラトニックだね？」

「何がおかしいの！　私だって自分がどうしたいのかわからないのよ」

「わからない？」

「ビッキの遊び友達だけじゃいやだわ」

「父親の遊び友達のほうがいいってわけだね」

「サイモン……」

「落ち着けよ」彼はくすくす笑った。「君をからかってると面白いよ」

「ふん、だ。ばかね。マザーグースに出てくる『ばかのサイモン』そのものだわ！　あっ、やめて」サイモンがいきなり庭椅子から立ち上がって迫ってくるのを見て、ベルベットは叫びをあげた。「そんなつもりじゃなかったのよ！」サイモンはベルベットを肩にかつぎ上げると、生垣へ向かって歩きだした。「裏切り者！」ベルベットは大声ではしゃいでいるトニーをにらんだ。「サイモン、下ろしてちょうだい。ドレスがめくれてしまったわ。お願いよ！」

「よし」サイモンは垣根の中に彼女を下ろそうとする。

「だめ！　ああ目が回ってきたわ」ベルベットは必死で兄の背中にしがみついた。「垣根の中はだめよ！　お願い、謝るから！」

「助けが必要かな？」聞きなれた声がした。

回って見えた景色が突然止まり、逆さになっていてもジャニスと一緒にいるジェラードがはっきりと見えた。「下ろして、サイモン」ベルベットは怒りをこめてささやき、ドレスを必死で押さえた。「サイモン！」恥ずかしさで死んでしまいそうだ。

「主人のサイモンです。ダニエルズさんよ」ジャニスが紹介している。「もちろんベルベットのことはご存じですわね」ジャニスは笑いながらつけ加えた。

するとサイモンは、なんとベルベットを肩にかついだままジェラードに手をさし出すではないか！　ベルベットの長い脚はまる見えに違いない。「はじめまして、ダニエルズさん」彼は愛想よく挨拶《あいさつ》した。

「サイモン！」ベルベットはうめいた。

「何か言ったかい？」サイモンはベルベットに見えないように、あとの二人にウインクした。

「お願いだから下ろしてちょうだい」声がつまった。

「早くそう言えばいいのに」サイモンはベルベットを地面に下ろすとにっこりと笑った。ドレスを直しながら、ベルベットは恥ずかしさに顔も上げられなかった。「さっきからそう言ってたじゃないの」

「おかしいな。聞こえなかったぞ」

兄をにらみつけてから、ベルベットはぎこちなくジェラードを見た。なんとジェラードもサイモンと同じように笑いを浮かべている。やはり下着までまる見えだったのだ。「何かご用、ジェラード?」ベルベットは冷ややかに言った。

「別に」不機嫌そうな返事が返ってきた。

それでは何をしに来たのか、と言いそうになる自分をベルベットはかろうじて抑えた。

「ビッキは元気なの?」

「元気だ」

「お母さまは?」

「元気だ。僕も元気だよ。君が僕のことに興味があればの話だが」

「中に入ってビールでもいかがですか」

サイモンの申し出を、ジェラードが「ありがとう」と受けたのを見て、ベルベットの気持は沈んだ。

ジェラードはどうやってサイモンの家の住所を知ったのだろう。ベルベットの住所と電話番号にしてもそうだ。ジェラードのように金と力のある人間には簡単なことなのだろうか。それにしてもなぜ彼はここへ来たのだろう?

「すてきじゃない?」サイモンとジェラードが家の中へ消えるのを見ながらジャニスがほほ笑んだ。

「ええ」ベルベットはまだ眉をひそめていた。

「彼、昼食までいるかしら？」ジャニスが言った。

「だめよ！　誘わないでちょうだいね」

二人の男がまた庭へ出て来たのを見て、ベルベットは体を硬くした。トニーがジェラードの手にしがみついている。いつの間について行ったのだろう。トニーがこんなにもジェラードを慕っているとは——。ベルベットは奇妙なかたまりが胸にこみあげてくるのを感じていた。

「ジェラードを昼食によんだよ」サイモンが言った。

「すてきだわ」ベルベットはわざと大げさに応じた。内心では、後で兄を殺してやりたい、と思っていたが、この場はなんとかとりつくろわなければならない。

「だけど僕はいられないんだ。ビッキを迎えに行かなければならないのでね」ジェラードのからかうようなまなざしが、ベルベットの気持は読めている、と語っている。

「それは残念だなあ。じゃ、またいつか」

「ええ、ぜひ」ジェラードはビールの残りを飲みほした。「そろそろ行かなければ」

「またいつでもいらしてください」ジャニスが言った。

「ありがとう」ジェラードはほほ笑み、かがんでトニーを一瞬抱きしめた。「さよなら、トニー。ベルベット、明日の朝迎えに行くから」

「え、ええ」歩み去って行く彼の後ろ姿を、ベルベットは茫然《ぼうぜん》として見送っていた。突然トニーが後を追って走り出した。「パーパーパパ！」気がつかずに歩いて行くジェラードに向かって、トニーは必死で叫んだ。ジェラードがびくっとし、ゆっくりとふり向いた。「トニー！」うめき声とともに、彼の腕は小さな体をしっかりと抱き上げていた。

ベルベットは真っ青だった。「あの……ごめんなさい。どうしてこんなことを言ったのか……。いつもはママとピッキしか言えないのに」

「いいんだよ、ベルベット。昨日ビッキが教えたんだろう。すぐに言葉を覚える年頃なんだよ」

そうかもしれない。だがベルベットは穴があったら入りたいくらい狼狽《ろうばい》していた。「でもあなたをパパと呼ばせておくわけにはいかないわ」

「僕はかまわない」

「私はかまうわ。このままではいけないわ、ジェラード。子供たちが混乱してしまうもの」ベルベットに抱き取られたトニーは、無邪気に笑っている。

「そうだな」ジェラードがうなずいた。

「じゃ私たちは会うのをやめるべきね？」ベルベットはとんでもないことを口にしてしまった！

「それも一つの考え方だ」

「まあ。じゃ明日は中止？」

「そうは言ってない。明日は予定どおりということにして、ほかの方法を考えてみよう。いいだろう？」

「いいわ」ベルベットはほっとしてうなずいた。会うのをやめようと提案するなんて、自分でも何をしているのか見当がつかない！

ジェラードが帰って行った後、ベルベットは頬を赤く染めてサイモンとジャニスの方をふり向いた。

「僕は彼が好きだ」サイモンが柔らかく言った。

「私もよ」とジャニス。

トニーの過失について何も言わないでくれた二人を、ベルベットは抱きしめたくなった。サイモンは確かに妹をからかうのが大好きだが、神経の細やかな彼は、ジェラード・ダニエルズがもはやからかいの対象ではないことを見抜いているのだ。


翌朝十時に、ジェラードは興奮してはしゃいでいるビッキを伴って現れた。トニーも同様で、二人は後ろの座席で大騒ぎしながらのドライブになった。

「ベルベット、水着持ってきた？」ビッキが身を乗り出してきいた。

「いいえ。水着がいるの？」

「パパと私はいつも湖へピクニックに行って泳ぐのよ」

「まあ」

「今日は違うんだ、ビッキ」ジェラードが口をはさんだ。「公園へ行くつもりだ。トニーは泳ぐにはまだ少し小さすぎるからね」

「そうね」ビッキはトニーのためなら水泳を諦《あきら》めるくらいなんでもないらしい。「そこにぶらんこはあるかしら？　トニーを乗せて押してあげるの。あんまり強くないようにね」

ビッキはせいいっぱい大人びた声を出した。「だってまだ小さいんですもの」

「自分はよほど大きいつもりだな」ビッキが後ろで、トニーとふざけ始めたのを見て、ジェラードがつぶやいた。

「水着と言えば、フロリダで撮影した水着は、本当に水泳用なの？」

「そうだと思うが」ジェラードがけげんな顔をした。

「それじゃきっと苦情続出よ」ベルベットは彼女が海から上がってきた時のポールの様子を説明した。「とても気まずかったわ」

「君とポールは恋人同士じゃなかったのかい？」

「もちろんよ！　ポールとカーリーが恋人同士なのよ。二人は一年以上一緒に住んでるわ」

「その前は？」

「その前は私はアンソニーと結婚していて、トニーがお腹にいたわ」

「その前は僕がいた」唇を歪めて彼が言い捨てた。

「そうね」ベルベットはかすれた声で答えた。

「アンソニーの後は誰もいなかったのか？」

「いないわ！　どうして質問ばかりするの？」

「好奇心さ」ジェラードは肩をすくめた。

「じゃほかのことに好奇心を持ってちょうだい！　もう質問はたくさんだわ」

「もうきかないよ。ききたいことは全部きいたから」

「けっこうだこと！　私もあなたのセックス・ライフについてせんさくしてもいいのかしら？」

「どうぞ」彼はまた肩をすくめてみせた。

よけいなお世話だと言われるものとばかり思っていたベルベットは、否応なしに質問せざるを得ない破目になった。

「あの……それで、何人女性がいたの？」

「生まれてから？　それとも最近の話かい？」

「生まれてからよ！」答えを聞けば、今晩ベッドに入ってからまた悶々《もんもん》とすることは目に見えていた。

「そうだな。バーバラに、セリアに……」

「名前を並べなくても人数だけでいいわ！」

「一緒に寝た女かい？　それともデートの相手？」

「寝た人よ」ベルベットはそっけなく言った。

「たぶん二十人くらいだろう」

「二十人！」ベルベットは息をのんだ。それではまるでハーレムだ！

「だが十年の結婚生活の間、僕は妻に誠実だったんだよ。君に出会うまではね」

「でも二十人は大変な数だわ！」

「気になるかい？」ジェラードが横目で見た。

もちろん気になった。ほかにそんなにも多くの女性がいたなんて――いや、ほかにではない、ベルベットもそのうちの一人なのだ。そう考えると胸が苦しくなった。私は何番目の女なのだろう！

「ベルベット？」

「ええ……」

「どうしたんだい？　僕は三十九歳だ。十九歳じゃないんだよ」いらだったような声である。

「そろそろ着くかしら？　子供たちきっとお腹をすかせてるわ」ベルベットの声は弱々しかった。

「すいてるわ。トニーもきっとそうよ」大人たちの緊張を破るように、ビッキの元気な声が聞こえた。

「よーし。今度いい場所があったら止まるぞ」

ジェラードの様子を見ていると、今までの会話がうそのようだ。ベルベットがシートの上に食べ物を広げる間、子供たちを追いかけ回して楽しんでいる。ほかのピクニック客から見れば、彼らも典型的な幸福な家族に見えるに違いない。

ベルベットは惨めな気分で、全く食欲がわかなかった。ほかの三人は元気に食べ物を平らげている。トニーはビッキといると特に食欲がでるらしい。

そのあたりにはぶらんこがなかったので、みんなで代わりに鬼ごっこをして遊び、その後トニーは車の後部座席で昼寝することになった。ビッキも前の座席でつきあっているうち、眠りに落ちてしまった。眠っているビッキは、初めてフロリダで会った時のように、弱々しく傷つきやすい少女に見える。

「ビッキはずいぶんよくなってきてるよ」かしの大木の木陰に二人並んで座ると、ジェラードが言った。

「本当?」ベルベットは彼の方を見ずに、あごの下にひざをかかえ込んだ。

「フロリダから帰って以来一度もヒステリーを起こしてない」

「ビッキはきっとイギリスのほうが好きなのよ。おばあさまがいらっしゃるし、それに

「……」

「そして君とトニーもいる」

「でもそれもおしまいね」ベルベットは黒い瞳に涙を浮かべて言い返した。「今日限りもう会わないことにしたんでしょう？」

「そんなことは言ってない。ほかの方法を考えると言ったはずだ。僕は今がその時だと思う。僕がなぜ昨日お兄さんの家を訪ねたかわからないかい？」

「いいえ」ベルベットは眉をひそめた。トニーが彼を「パパ」と呼んだときのことを思い出すと、まだ胸が騒ぐ。

「僕は、君に結婚を申し込む前に、お兄さん夫婦に会っておくべきだと思ったんだ」

「何ですって……！」ベルベットは一瞬耳を疑った。「何て言ったの？」

ジェラードは立ち上がるとベルベットに背を向けた。「それが唯一の解決法だ」

「解決法？」ベルベットは目の前が暗くなる思いだった。彼が結婚の申し込みをしようとしているのは愛情からではなく、便宜のためだというのだろうか。

「トニーには父親が必要だし、ビッキには母親が必要だ」

「そしてあなたと私には……何が必要なの？」

ジェラードは荒い息を吸い込んだ。「僕たちのことは重要じゃない」彼はふり返ると、突きさすようなまなざしでベルベットを見すえた。「それで、君の答えは？」

8

何と答えたらいいのだろう？　こんな冷ややかな結婚の申し込みにどんな答えができるというのだろうか？

それでも結婚の申し込みには違いなかった。イエスと言いさえすれば、ジェラードの妻になることができる。ベルベットはそうなることを心から望んでいた。たとえそれが子供たちのための便宜的な結婚であろうとも。ジェラードはかつてベルベットを愛していたのだ。彼女が妻になれば、再び愛が戻ることだってあり得る。

「もし考える時間が欲しいんだったら……」

「いいえ！」ベルベットは鋭く否定した。

「いいえ、結婚しないわ、なのか、それとも、いいえ、時間はいらないわ、なのか、どっちなんだ？」

「私……わからないわ」ベルベットはジェラードを愛している気持を見透かされるのが怖かった。

「どうすればわかるようになるんだ?」ジェラードは冷たい口調で詰問した。

「やっぱり考える時間が必要なのかもしれないわ。重大な決断ですもの」

「仕事のことだったら、やめる必要はない。働く女性についての僕の考えは前に話したとおりだ。ビッキとトニーのためには家政婦も雇うつもりだし」

「いいえ! 子供たちを家政婦に預けたくはないわ。むしろモデルの仕事をやめて、家で子供たちの世話をしたほうがいいわ。前から洋服のデザインをしてみたいと思っていたし、それなら家でできるもの」

ジェラードは肩をすくめた。「それは君次第だ。なんなら全く働かなくてもいい。ただ、君がしたいと思うことを僕が止めるつもりはないってことをわかってもらいたかったんだ」

「ありがとう」ベルベットはひざの上でこぶしを握りしめた。「明日お返事してもいいかしら?」

「好きなだけ考えればいい。急ぎはしない」

ジェラードの無頓着《むとんちゃく》な口ぶりにベルベットは内心狼狽《ろうばい》した。そのうちまた気が変わってしまうかもしれない!「明日、明日必ずお返事するわ!」ベルベットはせきこむように言った。

「明日は一日出かけていて、夕方戻る予定だ」

「わかったわ」

二人の会話はまるで他人行儀だった。結婚について話し合っているカップルとはとても思えない。そもそも、それは結婚というより、子供たちに両親を与えるための同居といったほうがふさわしいものだ。

確かにそれは解決法としては理想的だった。トニーは日ましにジェラードを慕うようになっているし、ビッキのベルベットに対する愛情は疑いようもない。だがそれならなぜ、ベルベットはこんなにも惨めな気持を味わっているのだろう。

ジェラードに二度と会えないと思った時もつらかったが、結婚を申し込まれた今のほうがもっと惨めなくらいだ。彼はベルベットを妻にしたいのではなく、ビッキの母親に彼女を望んでいるにすぎない。まるで取り引きだ——ビッキには母親を、そしてトニーには父親を。だがそれでも、自分が申し込みを受けるであろうことが、ベルベットにはわかっていた。

ビッキとトニーの前で、何事もなかったようにふるまうようには、大変な努力が必要だった。どうにかその日一日が過ぎ、夕方アパートに戻ってトニーを寝かしつけて、ようやくほっとした気分になった。

ジェラードとの結婚はうまくいくだろうか？　ベルベットにとっては苦しいだけの生活になるのではないだろうか？　たとえその答えはわかっていても、明日ジェラードに伝える言葉は変わらないだろう。ベルベットは彼との結婚を望んでいた。

次の日は仕事が入っていなかったので、サイモンに電話をして、来てくれないかと頼んでみた。心は決まっているものの、兄に相談して意見をきいてみたかった。サイモンは昼休みに来ると言ってくれた。

「どう思う?」ベルベットは兄に状況を説明した。

「君はどう思ってるんだい?」

ベルベットは唇をかんだ。「オーケーしようと思ってるわ」

「そうだと思ったよ」

「それで?」ベルベットは兄を促した。

「僕に何て言ってほしいんだい?」

「私のしていることは正しいと思う?」

「君自身は正しいと思うのか?」

「いいえ」ベルベットはため息をついた。

「それでも、どうしても結婚するつもりなんだね」

「ええ」

「ジェラードを愛しているからか」

「ええ」

「それなら答えは決まっているじゃないか」

「でも彼は私を愛してないのよ。昔は愛していたけど、今は違うの」ベルベットの声は悲痛だった。

「彼がそう言ったのかい？」

「ええ」

「だったら申し込みを受けないほうがいいんじゃないかい？」

「でも私は受けたいのよ！」

サイモンは考えこむように唇をかんだ。「君は僕に何て言ってほしいんだい、ベルベット？　ジェラードが君を愛していなくて、ビッキの母親に望んでいるだけでもかまわないから、結婚しろと言ってほしいのかい？」

「トニーにだって父親ができるのよ」

「そうだね」サイモンは重々しい口調で同意した。

「アンソニーを裏切ることになると思う？」

「とんでもない！」即座に答えが返ってきた。「君が幸福になればアンソニーが一番喜ぶよ。でも君はジェラードと結婚して本当に幸福なのかい？」

「努力してみるわ」ベルベットはため息をついた。ジェラードなしでは幸福になれないことは確かなのだ。「やってみる」

「子供たちのために？」

「いいえ、私のためよ。そしてジェラードのためにも。彼さえその気になってくれれば、彼を幸福にできると思うの。一度は愛し合っていたんですもの、また愛し合うことだってできると思うわ」

サイモンがうなずいた。「愛は完全に死んでしまうものじゃない。忘れられることがあっても、死に絶えてしまいはしない」

「私が記憶を失ってしまったことをジェラードはきっと許してくれないわね」

「君が悪いわけじゃないよ」

「そうね」ベルベットは小さくうなずいた。

サイモンが残念そうに時計を見た。「もう仕事に戻らなくちゃ。今晩うちへ来ないかい？」

「でもジェラードに今夜返事をするって言ってあるの」ベルベットは赤くなりながら言った。

「彼はあまり考える時間をくれなかったんだね」

「私のほうから今晩返事をするって言ったのよ。すぐに返事してもよかったくらいなんだけど……」

サイモンは立ち上がると、「今週中に式を挙げるなんて言わないでくれよ、休みがとれないからね」とからかうような口調で祝福してくれた。

「ああサイモン、大好きよ！」ベルベットは兄にしがみついた。

「兄貴はそのためにいるのさ」

「ママとパパと、それからナイジェルやジェニーも、知らせたら来てくれるかしら？」

「知らせなかったら殺されるぞ」

「でもなんだか恥ずかしいわ。この前みんなが来たのはアンソニーとの結婚式のときなんですもの」

「いや、パパとママはお葬式にも来たよ」

「ああ、そうだったわね」ベルベットの声が沈んだ。

「さあ！　今日はいいことだけを考えるんだよ！」

その晩ジェラードが訪れるまで、ベルベットの頭には何ひとついいことは浮かばなかった。さらに悪いことに、ジェラードは一人でやって来た。ビッキが一緒に来るものと思っていたのに。

「ビッキは母のところに泊まっている。トニーはもう寝たんだろう？」

「ええ」ベルベットはかすれた声で答えた。

「バーミンガムから帰るのが遅くなって、まっすぐここへ来たんだ」ジェラードはネクタイを取り、シャツの一番上のボタンをはずしている。

「夕食は済んだの？」

「後で食べる」

ベルベットは立ち上がった。「何か作るわ。ハムオムレツとサラダでいいかしら？」

「もちろんいいけど、でも、そんな心配はいらないよ」椅子の背にもたれて目を閉じたジェラードの表情に、疲れの色がにじんで見える。

ベルベットはその様子に胸が痛くなった。「ベッドへ行ったほうがいいんじゃなくて？あの、いえ……疲れてるようだから！」頬が火のようにほてった。なんてばかなことを言ったのだろう！

ジェラードは目を閉じたままだ。「別に誤解なんかしていないさ」眠そうな声だった。

「私、何か作ってくるわ」ベルベットは両手で頬を隠すと、キッチンへ駆けこんだ。

まるで女学生のようなばかげたふるまいばかりしている。二度目の結婚を考えている一人前の女性らしくもない。ジェラードだってあきれていることだろう。どうにか気持を落ち着けて、大人の女性にふさわしい態度をとらなければ――。

ジェラードは眠っているのではないかと思いつつ食事の盆を持って居間へ戻ってみると、案に相違して彼はたばこを吸っているところだった。脱いだ上着とベストが椅子の背にかけられている。

ベルベットを見て彼は立ち上がり、食堂の方へやって来た。「家で食事してもよかったんだが」

「いいのよ。作りたかったんですもの」ベルベットは彼の男臭さを意識するあまり、顔を上げることもできなかった。

ジェラードは食事をきれいに平らげ、後かたづけを手伝ってくれた。

「今日サイモンと話したかい?」居間に戻り、ベルベットはアームチェアに、ジェラードはソファに、それぞれ腰を落ち着けると、彼が切り出した。

ベルベットは目を見張った。「どうして私が兄に話すってわかったの?」

「お兄さんに僕の申し込みのことを相談するのは当たり前だろう?」

「あなたはお母さまに相談したの?」ベルベットは切り返した。自分の行動を何もかも見透かされていると思うと腹がたつ。彼のことは、初めて会った時同様何もわからないというのに。

「君は母と結婚するわけじゃないからね」

「ビッキは知ってるの?」

「君の答えがわからないのに、期待させるのはかわいそうじゃないか」

ベルベットはそわそわと唇をなめた。「あの……答えはイエスよ」

「僕と結婚するというのか?」

「ええ」ベルベットはうなずいた。

ジェラードは緊張した面持ちで身を乗り出した。「君は本当によく考えたのかい?」

「ええ」ベルベットはぎこちなく両手を組んだ。

ジェラードは首を振った。「僕は君に状況をきちんと説明していない」

「いえ、よくわかってるわ。ビッキには母親が必要だし、トニーには父親が必要だからでしょう」

「そして僕には妻が必要だ」

「妻……?」息が苦しくなった。

「そうだ」彼は立ち上がった。「君は便宜的な結婚を考えているんじゃないのか? 夫婦がベッドを共にしない結婚を。そんな結婚をもう一度するのだけはごめんだ!」

ベルベットは眉を寄せた。「もう一度?」

「そうだ、もう一度だ! お願いだから芝居をするのはやめてくれないか、ベルベット。ビッキが生まれた後、ティナが僕を遠ざけるようになったことは君もよく知っているじゃないか。ビッキが四歳になった時、僕は偽りの結婚生活を打ち切った。あんなことはもう二度といやだ。結婚したら君は僕と寝る。もしそれで気持が変わるようなら、そう言ってくれ」

「私……それは……」ベルベットは立ち上がり、彼に背を向けた。

「そんなにショックだったのか、ベルベット?」ジェラードの手がベルベットをふり向かせた。青ざめて黙りこくっているベルベットの顔を、彼の目が心配そうにのぞきこんでいる。

結婚しても他人のような生活をするものとばかり思っていたのに――。ベッドを共にするというのなら、状況は全く違ってくるだろう。

「ベルベット、もしそんなにいやだったら……」

「いやじゃないわ！　私はただ、あなたが言わなかったから……」

「昨日はこんなことを話せる雰囲気じゃなかった。子供たちのことが気になっていたんだ。ビッキは耳ざといからね」

「私に恋人がいたかどうか知りたかったのはこのためなの！」

「そうだ」

「そして、もしいたら？」

「いずれにせよ僕には君が必要だ！　ああベルベット、僕は気が狂いそうだ！」ジェラードの唇がベルベットの唇をさがし求めた。

ベルベットは唇を開き、彼の黒髪をまさぐりながら激しいキスに応《こた》えた。背中のファスナーがゆっくりと下ろされ、ドレスが体から滑り落ちても、ベルベットは抵抗しなかった。彼の手がレースの下着の中に滑りこみ、やさしくベルベットの胸に触れる。ベルベットは体をふるわせながら、ジェラードの背に両腕を回した。

「抱いてもいいのかい?」彼がうめくように言った。

「あなたを止めることはできないわ」ベルベットは息をつまらせた。

ジェラードは彼女の顔をのぞきこみ、動きを止めた。「止めることはできるよ。ノーと言いさえすればいい」

彼の熱いまなざしに、ベルベットは我を忘れて首を振った。「言えないわ」

「僕と結婚してくれるのかい?」

「ええ」ベルベットは深くうなずいた。

「それじゃ僕が君の代わりにノーと言おう」彼はかがんでドレスを拾い上げると、ベルベットに着せかけた。「結婚するまで待ってあげるよ」

ベルベットは待てなかった。今すぐ彼に抱かれたい。だがジェラードはもう向こうを向いて身づくろいを始めている。ベルベットは気持を静めようと身をふるわせた。結婚すれば、毎日そばにいられるのだ。体が結ばれれば、気持も通い合うようになるだろうか?

今はそれだけが頼りだった。

結婚式は一カ月後に挙げることになった。オーストラリアの家族を呼び寄せるためと、準備を整える時間を考慮したのだ。ハネムーンには行かず、ジェラードの家で一週間二人きりで過ごし、夏休みが終わる前にビッキとトニーを引き取ることになった。式の後の一週間、二人の子供はジェラードの母が面倒を見てくれる予定である。

ビッキはニュースを聞いて大喜びだったが、トニーのほうは小さすぎて事態が理解できないようだ。サラ・ダニエルズは両手を上げて賛成してくれた。

「息子はずっとあなたを愛し続けていたんですもの」二人でウエディング・ドレスを買いに出かけた時、サラはベルベットに言った。子供たちはジェラードと家で留守番をしていた。

「ごめんなさい。私、知らなかったんです」

サラはほほ笑んだ。「私はあなたに初めて会った時、誰だかすぐにわかったわ」

「まあ、本当に?」

「本当ですとも、ベルベットというのは珍しいお名前ですもの。息子は主人が亡くなったすぐ後、あなたのことを何もかも話してくれたのですよ」

「ジェラードが?」予期せぬことだった。

「息子はめったに自分の私生活のことを話さないの。だからあなたの話を聞いた時、あなたがどんなに大切な人かすぐにわかったのですよ。息子は主人の死でとてもつらい思いをして、その直後にティナの病気のことを知ったのよ」サラはため息をついた。「かわいそうに、あの子の気持はばらばらになってしまったのね。あなたのもとへ行きたい気持と、ティナとビッキに対する責任感とで……。そして結局は妻子のほうを選ばざるを得なかったのよ。ビッキにはどうしても彼が必要だったし、そして息子はあなたを失ってしまったの」

「お母さま……」

「あなたを責めるつもりは全くないのよ。ティナの病気はとても重かったのだけど、それでも、一年半後に亡くなるなんて、その時は誰も予想しなかったわ。あなたに手紙を書くことは、ジェラードにとって何よりつらいことだったでしょう」

ベルベットは青ざめた。「手紙?」

「ええ。彼の決意を伝えるために書いた手紙よ。ティナに対する責任と、ビッキに対する心配を説明するために。数週間後にあなたが結婚したことを知ったわけだけれど、あの時ほど沈みこんでいた息子を見たことがないわ」サラは首を振った。「でも、すべて過ぎ去ったことよ」彼女は明るくほほ笑んだ。「あなた方は結婚するんですもの。大切なのはそのことだけじゃなくて?」

「ええ」ベルベットの声はうつろだった。

ジェラードからの手紙のことなど何も知らなかった! まだどこかにしまってあるはずだ。そんな手紙を捨ててしまうはずがない。どこにあるのだろう? サイモンはジェラードの存在を知っていたのだから、手紙のことも知っているかもしれない。

「うまくいったかい?」買い物から戻ると、ジェラードが唇に軽くキスをした。結婚の約束をした夜以来、こうしてキスするのが習慣になっている。

「素晴らしいドレスを買ったのよ」夫人が答えた。

「きれいなドレスかい?」ジェラードの深い青色の瞳が、ベルベットの青ざめた顔をのぞきこんでいる。

夫人から、二年前に書かれた手紙のことを聞いて以来、ベルベットの頭はしびれたようになっていた。どんなことが書いてあったのだろう? ベルベットにアンソニーとの結婚を余儀なくさせるような、決定的な言葉があったのだろうか?

「とてもきれいなドレスなのよ」ベルベットは上の空で答えた。「とっても……」

「ウエディング・ドレスの説明を花婿にしてはいけないの、知ってるでしょう?」夫人が口をはさんだ。

「そうでしたわ。トニーはいい子にしてたかしら」

「トニーはいつもいい子よ!」ビッキが憤然として未来の弟をかばったのを見て、ベルベットはほほ笑んだ。

ジェラードはまだ眉をひそめて、ベルベットの顔を見つめている。「どうかしたのかい?」

ベルベットは明るく笑ってみせた。「いいえ」

「気持が変わったんじゃないだろうね」

「いいえ」大きくかぶりを振る。

「顔色が青いよ」

「ベルベットは疲れてるのよ。私たちみんなそうだわ。結婚式の準備に一カ月は短すぎますもの」夫人がかばうように言った。

「そうなのか？　疲れてるせいなのか？」

「ええ、少し」ベルベットはうなずいた。

「君の仕事はそろそろ終わるんだろう？」

ベルベットは計画どおりモデルの仕事をやめることになっていた。

「ええ、あと二、三日で終わるわ。あの……しばらく家へ帰って横になってもいいかしら？」

「ここで横になればいい」

「いいえ！　あの、やっぱり自分の家のほうが。ドレスも着がえなくちゃならないし」夜は二人でパーティーによばれていた。子供たちはサラが預かってくれる。

「パーティーはやめたほうがいいんじゃないかい？」ジェラードは心配そうだ。

「大丈夫、すぐ治るわ」

「トニーをここへ置いていったらいいわ。そのほうがよく休めるでしょう」サラが申し出てくれた。

トニーはジェラードが買ってくれたおもちゃで楽しそうに遊んでいる。サイモンと話すにしても、トニーがいないほうがいい——。

「本当にいいでしょうか……」

「もちろんよ」サラがうなずいた。

「車まで送っていこう」ジェラードが言った。

「そんな必要はないわ」

「必要は大ありだよ。見物人の前で君にキスするのはいやだからね。特にこういううるさい見物人は」ジェラードはビッキの頭をなでた。

「パパとベルベットがキスするところ見たいわ」ビッキは楽しそうに宣言したが、「だめだ」と父親にいましめられた。

車の所へ行く間、ベルベットは肩に置かれたジェラードの手をずっと意識していた。あと一週間で二人は夫と妻になる。そう思っただけで体がふるえてくる。

ジェラードが眉をひそめた。「寒いのかい？」

「いいえ」ベルベットは声をあげて笑った。太陽が照りつけている。「結婚式のことを考えていたの」

「君は本当に後悔していないんだろうね。もしそうなら、今言ってくれたほうがいい」

「緊張しているだけ。花嫁はみんなそうよ」

「アンソニー・デイルとの結婚の時も緊張したかい?」

「わからないわ。いずれにしても今度とは違ってたでしょう」

「どう違うんだ?」肩に置かれた手に力がこもった。

「若かったし、たぶん、たぶん夢見心地だったわ……」

「たぶん? 覚えてないのか?」猛々しい口調だ。

「わかってるでしょう! 記憶を失ったって何度言えばいいの? どうすれば信じてくれるの?」

「どうしても信じられない」彼はベルベットから離れた。口調に嫌悪感がにじんでいた。

「私を信じないのなら、サイモンは信じられる?」

「お兄さんを?」疑い深げな視線が向けられた。

「ええ。兄なら証明できるわ。兄にきいてちょうだい。私が言ったとおりを話してくれるでしょう」

「それほど重要なことじゃないよ」

「私には重要だわ!」

「じゃいつかきいてみることにしよう」

「これから行ってみない?」

「言っただろう。それほど重要なことじゃないって」

ベルベットは力まかせに車のドアを開けて乗り込み、ばたんと閉めた。「時々あなたのことが大嫌いになるわ！」そしてふり返りもせず、タイヤがきしむほどアクセルを踏み込んだ。

兄の家まではそれほど距離がなく、気持の静まるひまがなかった。サイモンは一人でいた。

「ジャニスはどこ？」ベルベットは唐突にたずねた。

「結婚式に着るドレスを買いに行ったよ。君のおかげで大散財さ。おい……どうしたんだい？」サイモンはベルベットの様子に気づいて声をあげた。「まさか中止じゃないだろうね！」

「いいえ。ねえ、どこにあるの、サイモン？」

「何がどこにあるって？」サイモンは狐に鼻をつままれたような顔になった。

「手紙よ、サイモン、どこにあるの？」

サイモンの顔色が変わった。「何の手紙だい？」

「お兄さんはきっとだめな弁護士なのね。弁護士はもっとポーカーフェイスだと思ってたわ」

「弁護士だってかんしゃくもちの妹にはかなわないさ」

「ごめんなさい。ジェラードとけんかしたものだから、お兄さんに八つ当たりしてしまって。でもどうしても手紙が見たいの。お願いだから知らんぷりしないで。お兄さんだけが頼りなんですもの」

サイモンは肩をすくめた。「ジェラードから来たあの手紙のことを言ってるのかい？」

「じゃ知ってるのね？」

「それだと思う手紙は確かにある」

「じゃお兄さんはそれを読んでないの？」

サイモンの顔が怒りで紅潮した。「僕がのぞき見なんかすると思ってるのかい？　君のプライバシーを侵すことになるじゃないか。もちろん見てなんかいないさ」

「今読みたいわ」

「オーケー。持ってくるよ」

サイモンに手渡された白い封筒を、ベルベットはふるえる手で開けた。これこそジェラードと彼女が恋人同士だったことを証明する証拠物件なのだ。

長い手紙だった。ジェラードの母が話してくれた彼の愛と苦しみが、すべてそこにあった。彼の妻の病は重く、ジェラードはビッキのためにも妻の元へ戻らざるを得なかった。そしてティナに対する義務を果たすことを、彼は誇りに感じていたのだ。

いかにベルベットを愛していようと、自分の幸福のためにティナを捨てれば、罪悪感のために二人の愛は滅びてしまい苦々しさだけが残るだろう、とジェラードの手紙は語っていた。彼は正しかった。ベルベットにはそれが理解できた。だが当時の彼女に理解できただろうか！　腹だちまぎれにアンソニーと結婚したのではないだろうか？

読み終わって顔を上げたベルベットの目は涙でいっぱいだった。「ああ、サイモン！」ベルベットは兄の腕の中に飛び込んですすり泣いた。

「すべてうまくいくよ。やっとジェラードと結婚できるんじゃないか」兄の声はやさしかった。

サイモンの言うとおりだ。これでやっとジェラードを幸福にしてあげることができるのだ。

9

その夜ジェラードは少し遅れて迎えにやって来て「子供たちの様子を見に寄ったもんでね」と理由を説明した。子供たち！　もう二人とも自分の子供になったような口ぶりだ。

「二人はどんな様子だったの！」

「トニーはビッキの古いベッドでもう寝ていた。ビッキはずっとトニーのそばにいると言ってたよ」

「ビッキらしいわね！」ベルベットは笑った。

ベルベットはこれまでとは違った目で彼を見ていた。あの手紙にあったように深く自分を愛した男に、彼がもう一度戻ってくれたら——。だがその愛は永久に消えてしまい、今は幻滅が彼の心を占めているように見える。しかもその原因を作ったのはベルベット自身なのだ。彼をどんなに愛しているか、いつの日かわかってもらいたい——。

パーティーは少々騒がしくはあったが、皆楽しそうにしていた。ベルベットがジェラードの友人に会うのはこれが初めてである。嫉妬《しっと》のまなざしを送る女性が何人かいたが、中でも特に執拗《しつよう》だった一人が近づいてきた。ジェラードはその女性を、マリオン・ウォルシュだと、ベルベットに紹介した。

ベルベットは会った瞬間からその女性が好きになれなかった。セクシーな歩き方、ベルベットを無視してジェラードを独占しようとする話しぶり。何かにつけてジェラードの腕や胸に触れようとする。ジェラードがいつまでもマリオンと話し続けているのを見ると、ベルベットの指に輝いているサファイヤとダイヤの婚約指輪さえ、彼にとってはなんの意味もないのではないかという気持になってきた。

「君はちっともしゃべらなかったね」アパートへ向かう車の中でジェラードが言った。

「よく気がついたわね」ベルベットは冷たく言った。

「気がついてたさ。いったいどうしたんだい?」

「別に!」

「今晩はずっと機嫌が悪いじゃないか」

「ずっとじゃないわ」

「そうだな。マリオンと話して以来だ。彼女が気に入らなかったのかい?」

「気に入らなかったわ! 彼女もそうなの?」

「そうって何が?」

「彼女も二十人のうちの一人かってきいてるのよ!」

「君はいったい何の話をしてるんだい？」車をアパートの前に止めると、ジェラードがいらだたしげに詰問した。

「マリオン・ウォルシュのことよ。あなたと寝た二十人の女性の一人なの？」

ジェラードは面食らったらしい。「マリオンは僕の秘書だよ」

「秘書……？　でも寝てないとは限らないわ。秘書とそういう関係になる男性は多いでしょう？」

「やめろ！　彼女は秘書以上の何者でもない！」

「あら、そうかしら？」

「そうだとも。君はわかってるはずだ。それとも、君は僕とけんかしたいのか？　結婚をやめたいからなのか？」

「結婚をやめたいなんて思ってないわ。どうしてそればかり言うの？」

「自分の幸運が信じられないんだ」彼は髪をかきむしった。

「私だってそうよ！　あなたの秘書と張り合うなんて思ってもみなかったわ。彼女があなたに寄りそってる様子は見るのもけがらわしかったわ！」ベルベットは車から出るとドアを叩《たた》きつけるように閉めた。「トニーは明日の朝早く迎えに行くわ」

しかし彼女は部屋の前でジェラードに追いつかれた。「僕からはそんなに簡単に逃げられないぞ」彼は鍵《かぎ》を取り上げてドアを開けると、ベルベットを中に押し込んだ。「とこととん話し合おうじゃないか」

「話すことなんか何もないわ」

「あるとも。確かにマリオンは少し……熱心だったかもしれない。でも彼女は自分の立場を回復したかっただけなんだ。君が割り込んできたのが我慢ならなかったんだろう」

「あら、すみませんこと。結婚をやめたいのはあなたのほうなんじゃなくて？」

「今日の話じゃない。フロリダでのことだ」

「でも彼女はフロリダにはいなかったじゃない」

「いや、いたんだ」

「でも私は会わなかったわ。もしいたのなら、どうして彼女がビッキの面倒を見なかったの？」

「ビッキ？　いや今度のことじゃない。二年前の話だよ。その時の僕には彼女との関係を仕事以上のものにしようというつもりが確かにあった。彼女もそれがわかっていたから、僕が君と恋に落ちた時、腹をたてたんだ。僕とのロマンスを期待していたのに、一週間ほうっておかれたんだからね」ベルベットを見つめる彼の顔が蒼白《そうはく》になった。「君は覚えていないんだね？」

「ええ」息がつまりそうだった。「だから彼女は私を嫌っているのね。前に会ったことがあるなんて思ってもみなかったわ。私のことずいぶん無作法だと思ったでしょうね」目に涙がにじんできた。

「君は本当に覚えていないんだね？」

ベルベットは首を振った。「ええ」

彼の両手がベルベットの頬を押さえた。「なんということだ！　君の言ったことは全部真実だったのか」

「そうよ」ベルベットは深くうなずいた。

「ああベルベット、かわいそうに！」ジェラードはうめいて、ベルベットの喉元に顔をうずめた。

「やっと信じてくれたのね！」ベルベットは彼を固く抱きしめた。

「信じるとも。君がうそなどつけないことを、もっと早くわかるべきだった。君は僕が恋に落ちた少女そのままなのに、僕は……君が僕を知らないと言い張るものだから、僕とのことを後悔しているものとばかり思って……」

ベルベットの目から涙がほとばしった。「思い出せたらどんなにいいか……」

「すてきだったよ、ベルベット。生涯で一番素晴らしい一週間だった。毎晩二人でベッドの上から月光に照らされた海を眺めたよ……僕が自分を抑えきれなくなって君を抱きしめるまで。僕たちの愛は素晴らしかったよ。どんどん素晴らしくなっていった」

ベルベットは唇をかんだ。「私たちの間は体の結びつきだけだったの？」

「とんでもない！　僕たちの愛は、心と魂と、そして体との、完全な結びつきだった。セックスならこの二年間にいくらでもチャンスはあったが、心のない体だけの結びつきなど、僕には興味はなかった」

「じゃ、私以来誰もいなかったというの？」

「そうだ。君と会う前には、前にも言ったようにたくさんの女性とつきあったが、君を知ってからは、僕にとってほかの女性はあり得なかったんだ」

ベルベットは息を止めた。「今は……どうなの？」

「今？」

「今はどう思っているの？」

「少し混乱している。僕の人生を変えたあの一週間を君が覚えてもいないというのが信じられなくて」

「私は覚えていないわ」ベルベットは柔らかくささやいた。「でも私の体は覚えているわ」

ジェラードに見つめられて、彼女の頬は火のように熱くなった。「あなたが触れるたびに……抱かれたいと思うの」

「ああ、ベルベット！　君が僕を愛してくれたら！」

「私、私あなたを愛しているわ」告白の重大さにベルベットは声をつまらせた。

「愛しているって……？」

「ええ」彼女は大きく息を吸い込んだ。「最初にあなたに会った時のことはどうしても思い出せないの。でも、でも今の私はあなたを愛しているわ」

「本当かい？」

「ええ。そしてあなたは……あなたはどう思ってるの？　私の気持を知って――」

「君への愛を失ったことなど、一瞬たりともないよ。君に怒ったり、いらだったりしたことはあっても、ずっと愛し続けていた。もう一度言ってくれないか」

「愛してるわ。愛してるわ！」ベルベットは叫んだ。

「君が僕を愛してる！」ジェラードは彼女を抱き上げてくるくると回った。そしてゆっくりと床に下ろすと、唇を合わせた。ベルベットは彼のうなじに腕をからめて、それに応《こた》えた。

「君を愛しすぎて、燃えつきてしまいそうだ」ジェラードが低くささやく。

ベルベットは彼の頬にそっと触れた。これまでの皮肉な表情は影をひそめ、愛とやさしさがそこにあった。「今夜はずっと一緒にいてちょうだい」ベルベットは懇願した。

ジェラードは首を振った。「今度君とベッドを共にするのは、僕たちが夫と妻になった時だ。また君に捨てられてはかなわないからね」

ベルベットはひるんだ。「私がアンソニーと結婚したことを怒ってるの？」

「君に幸福になってほしいと言ったのは僕だよ。君の結婚でショックを受けたのは確かだが、納得はできた」

「本当？　本当に納得できたの？」

「いや！　本当は納得なんかできはしなかった」声音に苦悶《くもん》がにじみ出ていた。「新聞で君の結婚の公告を見た時、僕は自殺を考えた……」

「何ですって！　まさか！　あなたみたいに強い人がそんなことするはずがないわ」

「信じてほしい。ビッキと病気のティナを残してゆかねばならないと考えて、やっと思いとどまったんだ。それだけはできなかった。そして六カ月後に、君の飛行機事故を知った……」彼はため息をついた。

「アンソニーは免許を取ったばかりだったのね」ベルベットも、記憶を取り戻す手がかりになるかもしれないと、新聞を読むことを許されたのだが、効果はなかった。「あの時初めて人を乗せたのよ」

「妊娠中の君を乗せるなんて大ばかだよ」

「私が早産したのは、事故のためというよりも、アンソニーが死んだ衝撃のためなんですって」

「たとえそうだとしても……やめよう、死んだ人を鞭打つようなことは。その時すぐに君に会いたいと思ったが、ティナの病気が重くて離れるわけにいかなかった。それに僕の立場は依然として変わってはいなかったしね。ただ病院に電話して、君と赤ん坊の無事だけは確かめたんだよ」

「トニーは未熟児でしばらく保育器に入ってたけど、健康だったわ」

「その頃にはティナはもう助からないとわかっていたが、君にそれを知らせるわけにはいかなかった。彼女の死を願っているようなことになってしまうからね。ティナとの離婚が成立していたとしても、僕は彼女に責任は感じていただろう」

「あなたは離婚の手続きをしていたの？」

「そうだよ。君はそれも覚えてないんだね。君に会った時は、その最終段階に入っていたんだ。だが父の急死で僕はフロリダを離れなければならなくなり、その後父の墓前でティナに病気のことを打ち明けられた。世界がばらばらになったような衝撃だったよ」

「かわいそうなあなた。アンソニーと結婚した私をどんなにか憎んだことでしょうね」

「君を憎んだことなど一度もないよ。ただ君との結婚を不可能にしためぐり合わせを憎みはしたがね。君の人生の一週間を盗みとった僕には、ティナが長い闘病生活を送るだろうと考えていた時期に、結婚につながらないつきあいを君に求めることはできなかった。だがもう済んだことだ」ジェラードはほほ笑んだ。「僕たちは愛し合っていて、そして結婚する。大切なのはそれだけじゃないか」

ジェラードの愛情にあふれた表情に、ベルベットは泣きだしそうになった。「キスしてちょうだい」

ジェラードはむさぼるように彼女の唇を求め、息をはずませながらささやいた。「これ以上ここにいたら、僕の自制心は消し飛んでしまうよ」

「そうなってほしいわ。お願い、ジェラード！」

「だめだ。昔、君の愛情を利用してしまったことを僕はうしろめたく思っているくらいなんだから」

「お互いに望んでいたのなら、利用したことにはならないわ！」

「僕は君より年上で、しかも自由の身ではなかったのだから、自制するべきだった。だが一度君を抱いたら、一分たりとも君から離れようとは思わなくなったよ」

「今、私はそう思ってるわ」

ジェラードはほほ笑んで、ベルベットの唇に軽く口づけした。「僕たちは死ぬまで一緒にいられるのだから、それを大切にしようじゃないか」

彼の言うことが正しいのはわかっていても、離れがたい気持は変わらなかった。

「一週間だ」ベルベットの唇の上で彼はささやいた。「あと一週間で君は僕のものだ」

「ああ、ジェラード」ふるえる声で彼女は叫んだ。

「僕はトニーを愛している。そのことはわかっておいてほしい」

「ええ。そして私もビッキを愛してるわ」

「何もかもうまくいってるってわけだね」

「私たちの愛はうまくいってるどころか最高よ！」

「僕もそう思うよ。ほっぺたをつねってみないと、本当に君を妻にできるなんて信じられないくらいだ。ここ数週間、君の愛を永遠に失ってしまったと思っていた間は、とてもつらかった」

「私もよ」ベルベットは頬を染めた。

「一週間たてば、僕たちはもう離れなくてすむ。一生で一番長い一週間になりそうだよ」

ジェラードの予想に反して、最後のこまごまとした準備に忙殺され、一週間は飛ぶように過ぎた。どうにかすべてがかたづいた金曜日には、オーストラリアから駆けつけた両親と兄一家を、空港へ迎えに出た。サイモンがナイジェルとジェニー夫妻と子供たちを乗せ、両親とベルベットはジェラードの車に乗ることになった。ジェラードは彼女の母をたちまち魅了してしまい、また彼のビジネスマンとしての力量は、父に深い印象を与えたようだった。

両親はベルベットとジェラードがほんの短い期間しかつきあっていないことをいささか不安に思っているらしく、アパートで荷物をほどきながら、ベルベットは懸命に彼らを安心させようと努めた。一行は彼女のアパートに二、三週間滞在する予定だった。

「彼はとてもすてきね。ベルベット」母はほほ笑んだ。「それにお嬢さんもとてもかわいらしいわ」

ビッキは本当に愛らしかった。ヒステリックなところはみじんもなくなり、新しい祖父母、叔父、叔母、それにいとこたちに会えて心底喜んでいる。トニーとビッキは片時も離れようとしないほど仲がよく、その様子はほほ笑ましい限りだった。ジェラードは、これから生まれてくる子供たちにも、ビッキはさぞかしいいお姉さんになるだろう、と言って笑った。それまで二人の子供のことなど考えてもみなかったベルベットは、胸に熱いものがこみあげてきた。そうなれば、ビッキに、病院では悲しいことだけが起こるのではないと、教えてやれるだろう。

「ジェラードはトニーととてもうまくいってるのね」母は熱心につけ加えた。

「ママのほうが彼を好きみたいね」ベルベットは母をからかった。

「彼は本当に素晴らしいもの。お父さまも私も、あなたたちがどんなに愛し合っているかよくわかっていてよ。あなたがもう一度幸福になってくれるのが、私たちどんなにうれしいか」

「私、幸福よ」涙がこみあげてきた。

「お父さまと私はそれだけで満足だわ」

「明日は結婚式だっていうのに」ジェラードがドアから顔をのぞかせた。「涙なんて許さないぞ」

「あんまり幸福なんですもの」ベルベットは彼のそばに寄りそった。両親の祝福を得た今、彼女の幸福には一点のかげりもなかった。

結婚式は素晴らしい晴天に恵まれ、簡素ながら美しいセレモニーとなった。厳かに誓いの言葉を述べるジェラードの瞳はベルベットをじっと見つめ、愛と誠意に満ちた声は、彼の誓いが真実のものであることを語っていた。

「ねえ、簡単じゃない？」

ジェラードの母の邸で催された小さなパーティーで、カーリーがポールに言っているのを耳にしたベルベットは、ほほ笑みながらたずねた。「何のこと？」

「ポールに、結婚も悪くないって言ってるところなの。今のところあまり成果はないけど」

「君がしゃべりすぎて僕に言葉をはさむすきをくれないからじゃないかな？　もしそのすきがあれば、うんって言ってただろうな」ポールがゆっくりと言った。

カーリーは息をのんだ。「ほ、本当なの？」

「もちろん」ポールは深々とうなずいた。

「うそじゃないの？」

「何をすれば信じてくれるんだい？」

「結婚式を挙げてくれれば！」

「どう？」ベルベットはポールをにらんだ。

ポールは肩をすくめた。「いいとも」

「カーリー、私が証人よ」ベルベットは笑った。

ジェラードが現れ、ベルベットの腰に腕を回しながら言った。「そろそろ出かける時刻だ」

いよいよ二人きりになる時がきたと思うと、ベルベットは体がふるえるのを感じた。ジェラードとの過去やアンソニーとの結婚生活の記憶が全くない彼女にとっては、男性の腕の中で過ごすのは今夜が初めてなのだ。トニーの母でありながら、ベルベットは初めて結婚する乙女のように緊張していた。

ほんの数キロ離れただけの場所へ行くというのに、彼女はまるで外国へでも行くように、一同に涙ながらに別れを告げた。

「緊張してるかい？」

「ええ、少し」

ジェラードは運転しながら片手でベルベットの手を握った。「心配しなくていいよ。僕は家に着いたとたんに獣みたいになったりはしないから」

「そんな心配はしてないわ」ベルベットは彼のユーモアにほほ笑んだ。「ただ私――」

「わかってるよ」彼は手に力をこめた。

彼はベルベットの緊張が未経験のためであることをわかってくれている。それに気づいたベルベットは、彼への愛をまたしみじみと自覚した。

「まず静かな夕食をゆっくりと味わおう。僕たちで作るんだよ。僕の、いや僕たち、僕たちの家政婦には一週間の休暇をあげたんだ。料理と後かたづけを手伝ってくれるかい?」

「すてきだわ!」ベルベットは目を輝かした。

「食事の後はレコードを聴きながら少しダンスをして、それから僕は君をカーペットの上に横たえて誘惑する……」

「ジェラード!」ベルベットは赤くなった。

彼は笑い声をあげた。「どうだい、僕の作ったプログラムは?」

「すてきすぎるわ!」

「すてきすぎるのは君だよ。夕食の後まで待てるかな」

ジェラードはちゃんと待ってくれた。彼の愛はやさしさと思いやりに満ち、ベルベットに我を忘れるほどの喜びを味わわせてくれた。一瞬気を失ったベルベットは、瞼を開くのが惜しいほどの快いまどろみを覚えながら、ジェラードの腕の中で我に返った。

「ベルベット?」

「ん?」ベルベットは彼のうなじに腕をからませ、唇を合わせた。

「わかっただろう、僕たちの愛がどんなに素晴らしいか。さあ、一緒にシャワーを浴びよう」ジェラードはベルベットを抱き上げた。

「私たち前にも一緒にシャワーを浴びたことがあるの？」

「何度もあるよ」

ベルベットは晴れやかに笑った。「楽しそうね」

「愛してるよ、ベルベット」

「私も愛してるわ」ベルベットは真顔で言った。


ジェラードのそばで、ベルベットの体は凍えたように感覚を失っていた。

真実を知ったら、彼はベルベットを憎むだろう。もしそれが真実なら！　いやそうとしか考えられない！　ジェラードが目覚め、彼女の様子に気づいて説明を求める前に、ここを逃げ出さなければならない。まだ話すわけにはいかないのだ。

ベルベットはそっとベッドを下りて服を身につけた。ジェラードはぐっすり眠っている。数時間あてどもなくさまよった後、夜が白々と明けかかる頃、ベルベットはサイモンの家の方へ重い足を向けた。

驚いたことにサイモンはすでに起きて服に着がえていた。しかしまだひげを当たってはおらず、やつれた表情をしている。ベルベットを中へ招じ入れる間、サイモンもジャニスも一言も口をきかなかった。

「ジェラードが来たのね」察しがついた。

サイモンはうなずきながら立ち上がった。「彼は心配のあまり放心状態だったよ。電話をしてやろう……」

「だめよ！　電話はしないで。彼にはまだ会えないわ」ベルベットは叫んだ。

「でも彼が何をしたというんだい、ベルベット？」

「ジェラードがしたことじゃないの、私がしたことなの。いえ、私がしたとしか思えないこと……」

サイモンは頭を振った。「何を言いたいんだい？」

「私、びっくりしたの、ショックだったのよ……」

「何が？」

ベルベットは声をつまらせてすすり泣き始めた。「話してちょうだい、サイモン。アンソニーと結婚した時、私は妊娠していたの？」

サイモンは青ざめて顔をそむけた。「君は……どうしてそんなことを考えついたんだい？」

「考えついたんじゃないわ」ベルベットは鋭く切り返した。「それが真実なんでしょう？」

サイモンは嘆息した。「どうしてわかった？」

「まあ！」ベルベットは体をふるわせた。「本当なのね！　それじゃ赤ちゃんはジェラードの子だったのね！」目の前が急に暗くなってかすんでいった。

気がついてみるとベルベットはソファに横たえられていた。突然さっきの衝撃がよみがえり、彼女は起き上がろうともがいた。トニーの父はジェラードだったのだ！　両手で顔をおおうと、ベルベットは身も世もなくすすり泣いた。

サイモンは隣に腰を下ろし、ベルベットの肩に手を置いた。「いいんだよ、いいんだよ、ベルベット」

「よくなんかないわ！」ベルベットは泣きながら後ずさりした。「ジェラードが知ったらきっと私を憎むようになるわ」

「彼にはわからないよ……」

「私が話すわ。気持が落ち着いたら、家に帰って彼に話すわ。でもその前に、何があったのかはっきり教えてほしいの。アンソニーはどうして私と結婚したの？」

サイモンは肩をすくめた。「君を愛していたからさ」

「私はほかの人の子をみごもっていたのに！」

「そうだ。でもどうしてわかったんだい？」

「トニーよ。トニーの左の太ももにあざがあるの」

「うん、見たことがあるよ」

「ジェラードにもそっくりのあざがあるの」ベルベットは赤くなりながら言った。

「ほう」

「私たちの過去のいきさつを思い合わせると、偶然とは思えないわ。そっくり同じなのよ、場所も、形も。それに、ジェラードを愛していながら、なぜアンソニーと結婚したのかも納得がいかないし、私はアンソニーを愛していたのだと思っていたけど、自分の行動を考えると、ジェラード一人に心を奪われていたとしか思えないのよ」

「そのとおりだよ」サイモンはため息をついた。「あの時フロリダから帰るとすぐ、君はアンソニーとの婚約を破棄した。ジェラードの離婚が成立したら彼と結婚するからといってね。僕に何もかも正直に話してくれた。そしてあの手紙が届いた……」彼のため息は重かった。「同じ頃君は妊娠に気づいた。アンソニーはそれでもなお結婚を望んだんだよ。だから……」

「そして私は彼の愛を利用して結婚したのね」ベルベットの声は苦渋に満ちていた。「臆《おく》病《びょう》者だったから」

「それは違う！　君は一人で子供を育てたいと言ったんだ。君が最後に折れたのは、アンソニーと僕が強硬に説得したせいだよ」

「信じられないわ……」

「本当だよ。その時の僕は、君をアンソニーと結婚させるのが正しいと信じていた。いくら最近では未婚の母が受け入れられてるとはいえ、まだとやかく言う人は多いからね。ただ、君とアンソニーは本当の意味の夫と妻ではなかったと思うが……」

「思う？」

「いや、明らかにそうではなかったよ。君はまだジェラードを愛していたし、妊娠中だったし」

「トニーはどのくらい早産だったの？」

「六週間だ」

「じゃ、三カ月だと思っていたのは違ったのね」

サイモンは深く息を吸いこんだ。「君が今度フロリダから戻ってジェラードに会ったと言った時、僕は自分の耳が信じられなかったよ」

「ジェラードが私のしたことを知ったら、どうすると思う？　きっと私を憎むわ」

「そんなことはないよ」

「そうよ！　ほかの人を子供の父親にしてしまったんですもの。ジェラードは今は私を愛してるけど、真実を知ったらきっと恨むようになるわ。そしてトニーを取り上げてしまうわ」

「そんなことするはずがないだろう」

「彼の立場になってみてちょうだい。自分が重病の妻の看病をしている間に、恋人はほかの男性と結婚して、彼のことも、赤ちゃんが二人の子だということも、忘れてしまったのよ。昨日の私は世界一幸福だったけど、今日は……今日は奈落の底に落ちたようだわ！」

「彼の妻が病気だったとは知らなかった。君は、彼とは結婚できない、とだけ言ったから、彼にとっては遊びだったのかと考えてしまった」

「あの手紙を読んでくれればわかったはずよ。ジェラードは私を諦《あきら》めるほかなかったの」

「知らなかったよ」サイモンはうめいた。

「アンソニーとの結婚のことでは誰も責められないわ。結婚できない男性を愛している、と堂々と言えなかった私の臆病さが原因なんですもの。私は本当にばかだったわ」

「君が今度ジェラードと結婚することになって、やっとすべてがうまくいくと思ったんだが」

「ええ。でも彼がトニーの父親だということを、結婚の前に話してくれればよかったと思うわ」ベルベットはいらだった声で言った。

「僕にはどうすれば一番いいかわからなかった。ジェラードはいずれにしろトニーの父親になるんだし」

「なるんじゃなくて父親な<ruby>の<rt>ヽ</rt></ruby>よ。トニーに会いに行くわ。もう会えなくなるかもしれないもの」

「ベルベット……」

「もう何も言わないで、サイモン。アンソニーとの結婚を決意したのは私自身の責任だけど、もっと早くお兄さんに話してもらいたかったわ」ベルベットはジャニスの頬にさよならのキスをした。

「行かないでベルベット。よく話しましょうよ」

「話すにはもう遅すぎるわ。行かなくちゃ。後で……電話するわ」ベルベットの口調は重かった。

　ベルベットはタクシーを拾ってジェラードの母の邸へ向かった。サラも何時間も前から起きていたようだった。

「ベルベット！　来てくれてよかったわ」サラはほっとしたように叫び、ベルベットを固く抱きしめた。

「ジェラードは？」もし彼がいたら困る――。

「さっき出て行ったわ。たぶん家へ戻ったんでしょう」サラは眉をひそめた。「あの子は何をしたの？」

「何も……彼は何もしていません」

「でも自分が悪いと考えているようでしたよ。夜中に目覚めたらあなたがいなかったからと……」

　ベルベットは息をのんだ。「ジェラードを傷つけるつもりはなかったんです。信じてください、私は彼のことを命よりも愛しています」

「わかっていますよ。そしてあの子も同じくらいあなたを愛しているわ。心配で気も狂わんばかりになっていることでしょう」

　ベルベットは胸苦しくなって唐突に腰を下ろした。「私、ひどいことをしてしまったわ……」

「どんなことをしたにせよ、あの子はあなたを許すわ。あなたをとても愛しているんですもの」サラの声はやさしかった。「この二年間、あなたへの愛に苦しむ息子の姿を見守ってきました。日一日と生気を失っていく姿をね。あなたに再会してからの変わりようを見れば、彼の愛がどんなことがあっても消えないのは確かですよ」

「でも私は彼から息子を奪ってしまったんです！」ベルベットの叫びは苦渋に満ち、目から涙がほとばしった。「私の言ったこと、おわかりになったんでしょうか？」

「ええ」サラは言葉を選ぼうと心を砕いているようだ。「あなたはトニーのことを言ってるのね？」

「そうです！」

　サラはうなずいた。「そうだと思ったわ」

「びっくりなさいませんの……？」

「ええ。私は前から知っていました」

「知ってらした？」ベルベットは目を見張った。

「そうですとも」

と思っていた。

「でも……どうして？」トニーはジェラードには全く似ていないから、わかるはずがない

「トニーをお風呂に入れた時にわかったのよ、ベルベット。ダニエルズ家の男性には、みんなあのあざがあるの。あれを見てもトニーが孫だと気づかなかったら、私はよほどのうっかり屋さんだわ」

「それでも、私を憎んでいらっしゃらないの？」

「息子をこんなにも幸福にしてくれた女性を、憎めるわけがないじゃありませんか」

ベルベットは首を振った。「幸福になんてしていませんわ。トニーが彼の子だという事実を否定してしまったんですもの。あの、今トニーに会えますかしら？」

「もちろんよ。トニーもビッキももう起きて子供部屋で遊んでいるわ」

ベルベットは夫人の腕の中に走り込んだ。「ごめんなさい、本当にごめんなさい」涙があふれ出た。

「謝ることはないのよ。でもとにかくジェラードに会って、よく話し合うことね。彼がどう感じているか、あなたに説明するチャンスを与えてあげてほしいの」

「できませんわ」トニーが自分の息子だと知ったときのジェラードの冷たい怒りを想像して、ベルベットは体をふるわせた。

「さあ子供たちのところへ行きましょう。しばらく子供たちといれば、気持も落ち着きま

すよ」

二人はちょうど起きたところで、寝巻姿がとても愛らしく見えた。子供たちの歓声に迎えられたあと、ベルベットは床に座りこんで一緒に遊び始めた。

ジェラードがいつ部屋に入ってきたのか、彼女は全く知らなかった。ビッキが声をあげて父親の腕に飛び込んでいったのを見て、初めて彼がいるのに気づいたのだ。トニーもビッキの後を追って、ジェラードの脚にしがみついた。

ベルベットはゆっくりと顔を上げ、ジェラードの問いかけるような凝視に視線を合わせた。そこに見出した彼の面立ちのあまりにもひどいやつれように、顔から血の気が引いていった。

「お母さまがあなたに電話なさったのね」ベルベットはそう思い当たると、のろのろと立ち上がった。

「そうだ」ジェラードの声はかすれていた。「なぜなんだ、ベルベット?」

「お……お母さまはお話しにならなかったの?」

「いや。君に話してもらいたい」

ジェラードのまなざしの強さに、ベルベットは催眠術をかけられたように息がつまるのを覚えた。ああ、私はこの人を愛している!

「何を話すの、パパ?」ビッキが声をあげた。

彼はほほ笑みながら娘を見下ろした。「おばあさまが下で待ってらっしゃるよ。朝ごはんを食べに行きなさい」

「ええ、そうするわ！　トニーも一緒？」

「いいえ」思わず鋭い口調で言ってしまったベルベットは、言葉を和らげようとほほ笑んだ。「トニーは後で……パパが連れて行くわ」

「オーケー」ビッキは肩をすくめながら出て行った。

「なぜなんだ、ベルベット？」ビッキの姿が見えなくなるのを待って、同じ言葉が繰り返された。

　とても話すことはできない！　彼の体じゅうからあふれ出るばかりの愛情を壊してしまう勇気は、ベルベットにはとうていなかった。

「僕が話そうか？」ジェラードの口調に皮肉な響きがこもった。「結局は僕を愛していなかったんじゃないかい？　すべて間違いだったのでは？」

「違うわ！　ああ、ジェラード、そんなことじゃないのよ」

「それじゃ何なんだ？」ジェラードはかがむと、まだ足元にまつわりついていたトニーを抱き上げた。「夜の夜中に僕から逃げ出すほど重大なことというのはいったい何なんだ？」

「どこから話したらいいのか……」

「初めから話すのが一番だよ」

「初めはないの……終わりだけなのよ」

「じゃ終わりから話したまえ！　ともかく何か言ってくれないか！」ジェラードはせきこむように言った。「僕にまだ話してないことがあるのかい？」

「ええ、あるわ！」

「話してくれ。君が考えているほどショックではないかもしれない」

ベルベットは彼の顔をのぞきこんだ。「座って聞いてもらったほうがいいと思うわ」

「僕は、君が何を言おうと、立って聞けないほどの年寄りじゃないよ。おい、だめだよ。パパの毛をひっぱっちゃ」ジェラードはシャツの襟の中からトニーの手をつかみ出すと、子供をくすぐってからかい始めた。トニーがきゃっきゃっと笑い声をあげる。

ベルベットは胸がしめつけられる思いだった。彼らはとても自然に見える。彼女はジェラードの手から子供を奪い取った。トニーだけはどうしても渡せない！

「そのとおりだよ」ジェラードが柔らかく言った。

「何がそのとおりなの？」

「トニーは君のものだ」

ベルベットは眉を寄せた。「どういう意味？」

「僕と同じあざのことさ」

「あなた……知ってたの？」

「そうだ、知っていた」

「いつ、いつから?」目まいがしそうだった。

「二、三日前トニーと留守番した時だ。君が母とビッキと一緒に買い物に行った日だよ。トニーがオレンジジュースをかぶってしまって、洋服を着がえさせた。その時見たのさ」

「でもあなたは何も言わなかったわ」

「僕に何が言えるというんだい?」彼の口調は激しかった。「確かにその時はショックだったよ。だがそのうち、君も知らないのだろうと思い当たった。さもなければ、君は話してくれていたはずだ」

ベルベットは驚きのあまり目を見張った。「あなたは、あなたはトニーが自分の息子だとわかっていたのに結婚したというの? それとも……自分の息子だからこそ結婚したとでも……」

「それ以上何か言ったら、めちゃくちゃにキスするよ、僕たちの息子が見ている前でね」ジェラードはトニーを驚かせないように低めた声に、危険なやさしさをにじませた。「僕が君との結婚を決意したのは、トニーのことを知る前、まだ彼がほかの男の子だと思っていた時だった。彼が僕の子だと知った時、確かに僕は有頂天になったよ。だが君を妻にしたい気持はそれとは無関係だった。僕がどんなに君を求めているかわかっているだろう。何もかも、ビッキとトニーさえも、捨てなければならないとしても、君のためなら僕は捨てるだろう」

「でも私は、あなたの息子にアンソニーの名前をつけてしまったのよ」ベルベットはすすり泣いた。

「僕は彼の名を誇りに思うよ。ほかの男の子供を育てようとしたくらいの人だ。さぞかし立派な人物だったのだろう」彼はベルベットの腕からトニーを抱き取ると、床に下ろしておもちゃを与えた。そしてベルベットを引き寄せ、荒々しく抱きしめた。「愛してるよ、僕のおばかさん。トニーが大きくなって、僕たちの愛を理解できるようになったら、彼の誕生のいきさつを話してやろう。トニーもきっと僕と同じくらい君を好きになるよ」

「ああ、ジェラード、愛してるわ！」ベルベットは彼の胸に顔をうずめてむせび泣いた。

ジェラードは軽く唇を合わせると言った。「さあトニーを下へ連れて行って、ビッキと母と一緒に朝食を食べよう。その後は家へ戻ってハネムーンの続きだ。一週間二人きりで閉じこもるんだよ！」

ジェラードは息子を片手に抱き、もう一方の手はベルベットの腰に回して、ゆっくりと階段を下り始めた。

●本書は、1984年6月に小社より刊行された作品を文庫化したものです。

白いページ

2024年5月15日発行　第1刷

著　　者／キャロル・モーティマー
訳　　者／みずきみずこ（みずき　みずこ）
発 行 人／鈴木幸辰
発 行 所／株式会社ハーパーコリンズ・ジャパン
東京都千代田区大手町1-5-1
電話／04-2951-2000（注文）
0570-008091（読者サービス係）
印刷・製本／中央精版印刷株式会社
表紙写真／© Paultarasenko | Dreamstime.com

ISBN978-4-596-82330-4

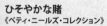

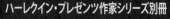